文革記憶

——現代民謡

駱英詩集

竹内新訳

思潮社

文革記憶——現代民謡　駱英詩集

竹内新訳

文革記憶——現代民謡

目次

III　文革記憶付録――ちょうど同窓だった少年少女たち

Ⅳ 文革記憶後記——我ら皆紅衛兵

装幀＝思潮社装幀室

Ⅰ 前夜

——苦難の歳月

前口上

真夜中　遠くから近づいてくる物音に身を起こして聞き耳を立てる
馬かも知れずサタンかも知れず　捕えて殺そうとする者であるかも知れない
そいつは蹄を引っ込めて　或いは落ち着き払ってゆっくりやって来る
日夜　そいつは私の後を付け　私のことを密かに探り　私を敵とみなしている
形を持たず鼻を衝く臭いを発し　いつも大音量で咳き込んで揺らいでいる
そいつは赤く長い舌を　四肢の骨或いは心にきつく巻き付けている
そいつはこれまで飛んだことはないが　巨大な翼を絶えずばたつかせている
そいつは暗い影の中を走れと迫る　私は窮地に陥ってシュッシュッと音を立てる蛇だ
これは生まれ変わりの過程だと想い描けば一切は鎮まるが
息を切らす音は隣家の老人のやり方で強硬に情容赦なく　そこでもここでも絶えない
過去のことは　思い出すのが辛くて　歩き出すのにも蟻の群れのようにひっそり無言になる
恐ろしいのは　恥辱と相変わらずの思想が世界の通路を烈日のように塞いでしまうことだ

だが一切を引き裂くのを想像するとき　空にはかすかに光明がさす
それは淡く白く微かで僅かで　そして果てしなく広い
そいつは巨大な手を振るって歴史の主人公のように天下に呼びかける
そいつは犬歯をむき出しにし　世紀全体に対して冷笑を見せる
だから私はあらゆる天空および太陽　月と星を軽蔑し
ますます空を仰ぎ宇宙の奥底に向かって罵倒の声を上げる　「糞っ垂れの歳月！」

二〇一二年十月五日18：32　ＭＵ５１７１便６Ａ座席　黄山から帰京

白骨の父

一

父は　もちろん善良な人だった
彼は眼を怒らせ　荒々しい声で大きな掌を振っていた
私が二歳のとき　私を泣かせてしまい　私を抱きながらオンドル*で眠った
彼は私を横目に見やって　眠っているかどうか聞き耳を立てた
私が三歳のとき　彼は雁字搦めに捕えられ引き立てられていった
彼らが言うには彼は反革命の現行犯なのだった
彼は寧夏「双反*」運動の「成果」なのだった
彼は人民の敵なのだった　西湖農場に閉じ込められた
敵は多すぎ監房は小さすぎ　父は病気になった
彼は密かに三ヶ月分の薬を蓄えておいて一粒残さず呑み込んだ

彼らが荒れ野に埋めたとき　彼はまだ目を見開いていた
濃い眉　厚い唇
敵だというので　墓碑を持つ資格なしとされ　犬のように名もなく腐って朽ちた
このときから　彼は荒れ野の　表情も潤いもない白骨の小山に過ぎなくなった
後になり中国革命は勝利し　彼は無罪を宣言され　三千元の賠償金が支払われた
だが　どうしたら雁字搦めにされた彼の魂が救えるのか　未だにどうしても分からない

二〇一二年十月五日18：50　MU5171便6A座席　黄山から帰京

二

祖国に対する私の記憶は飢餓と貧窮、恥辱と底辺から始まったが
父に対する記憶は彼の逮捕大集会で終了することになった
革命をする人々が　多くの反革命分子を捕えたのだった
彼らは麻の荒縄で　父の両腕と喉まわりを雁字搦めにしばりあげた
推し量るに　父はきっと　私は共産党員だ　私は毛主席に忠実だと叫ぼうとしたのだ
惜しいかな　私は三歳にすぎず　それが絶望の悲痛な叫びだとは分からなかった
彼らはきっと父の心を無理やり痛めつけたのだ　彼はきつく目を閉じ

そうして　おとなしく頭を垂れ　従順な兵士のようだった
彼は西北野戦軍の連隊長だったから　たくさんの国民党兵を殺したに違いない
蒋総統を打ち負かしたから　次は祖国の西北辺境の建設を支援した
彼は蘭州では食糧を運び　寧夏では道路を作り橋を架けた
彼は書記となって指導に当たり　党の為に激烈に献策した
彼は逮捕された　もとより革命の名のもとに
人々はスローガンを叫んでビンタを喰らわせ　私が泣き叫び地団太踏むのを許さなかった
彼は足元で恐れおののく私を　決して目を開けて見ようとはしなかった
彼は戦友の怒号のなかでかすかに震えた
毛主席の戦士は誰よりも党に従い　どこかで必要とされればそこへ行った
彼はトラックの荷台にうずくまり　瞬く間に深い暗闇のなかへ消えていった
二〇一二年十月五日19：21　二号エアターミナル空港ハイウェイ

三

父は死んだ　さまよえる亡霊となった　何故なら彼には全く墓がなかったからだ
これは或いは　蒋総統を打ち負かし敵を殺したときに残酷だったからなのかも知れない

彼はきっと長い銃剣を力いっぱい敵の胸に突き刺したことがあるのだ
それは或いは　もっと別の　やっと軍服に袖を通したばかりの村の農民だったのかも知れない
彼は一つかみの薬で自身を殺したとき　断固として声を上げなかったそうだ
彼は転げまわり地面をたたき　自分のみぞおちをきつく摑んだそうだ
監督・教育担当が彼を犬のように倒して引きずったとき　彼は脚をバタバタさせなかったそうだ
それは忠誠を示そうとする気持ちの表れではなかったかと思う
わずか十数分で　彼は誰の世話も受けられない共同墓地へ消えていった
そこには既に反革命分子によって無数の穴がすっかり掘られていたというわけだった
彼はかつて革命が戦闘を必要としたときには　戦闘をしたのであり
革命が犠牲を必要としたときには　さっそく犠牲になったのだ
彼は氷のように冷たい仕打ちのうちに　この世界から消え去った
彼はむごい過程をさらけ出して　私につらい悲しみを残した
そのときから　彼の死は犬の死同然のあつかいだった　私の方は犬のような生存が始まった
私は決して自らを殺さなかったが　新たな生を獲得するということも決してなかった
どの墓碑に対しても　私は崇高な敬礼を送る
どの白骨に対しても　私は父として尊称する

二〇一二年十月五日22：46　北京長河湾

四

父の自殺は　二十年経ってから　人民によって三千元の人民元に変わった
運よく　さらに「黄俊甫同志の名誉を回復する」とする国の証明書が出た
私には五百元が分け与えられ　北京大学で三日続けて酒を飲んだ
同級生には父が冥土で金持ちになって魂を売ったのだと言ってやった
だが酒杯のなかにはいつも父の目が見えていた
それは　ゆらゆら明滅したが　多少涙できらめいているように見えた
名誉が全て回復されたその時期に私は酒飲みになった
父に感謝　金を手にして　私は酒を飲むことができ　人に合わせる顔ができた
賀蘭山*へ行き　私と兄たちと姉は　父と母を同じ墓地に埋葬した
私たちは父の名前を紙に書いて土の中に埋めた
さらに　私たちは彼の名前を母の墓碑にも書いた
真っ赤なペンキ　大きな名前が私たちを見つめていたが
彼のために　軍帽をかぶって軍人の敬礼をする勇気はなかった

なぜなら彼が当時の戦友たちに対して怒っているかどうか分からなかったからだ
もし生きていたなら　彼は銃を取り出して彼らを残らず銃殺するはずだと推測した
それにしても　彼は知らないのだ　後の歳月がさらにひどく話すに堪えないものだったことを
このときから　私は酒を飲むのが　ホラを吹くのが　大声でしゃべるのが好きになった
女子の同級生と顔を合わせると　父は昔連隊長だったといつも言っていた

二〇一二年十月五日23：24　北京長河湾

原注

＊「双反」　一九六〇年代初期、寧夏に発生した、寧夏史上に前例のない、「反地方民族主義反党集団」運動と「反悪人悪事」運動。（訳注——一九五〇年代の「双反」とは別のもの。「仲良しの華新河」一七二頁参照）。

訳注

＊オンドル　暖房装置の一種。床下に坑を設け、焚いた火の煙などを通して部屋を暖めるもの。部分的床暖房でもある。朝鮮・中国東北部を中心に、中国西北部でも造られた。「温突」という表記もある。中国語では「火坑」。

＊賀蘭山　銀川市西方の大山。三五五六メートル。銀川市は寧夏回族自治区の首府で、作者駱英の故郷。

脚を引きずる母

一

母は実際のところ　余り文字の読み書きのできない半文盲だったのではないかと思う
彼女が鶏の羽のハタキで私をひっぱたくときの目は　狂暴そのものだった
いま想い返してみると　それは或いは男の役を演じていたのかも知れない
我が身は反革命分子の妻なのであり　それはつまり最も低い立場の女ということだった
四人の子供がいて　その全員を学校に通わせたいと望んでいた
毎日土を掘り起こし　それを売った　そのとき以来ずっと顔を上げたことがなかった
星明かりだけのまだ薄暗い時刻　板車を引いて出かけた
三十歳を越えたと思われるその女は　車につながれたロバのようだった
彼女が町を通ってゆくと　口汚い辱めや罵りがあっちからもこっちからも起こった
ずっと風呂に入らず　着るものもずっと新調しなかったらしい

せかせか急ぎ足で歩き　まるで世界の終わりの日の細道を行くようだった
顔を曇らせて飯の支度をし洗濯をし　気掛かりは引きも切らずやってきた
おそらく　食べ物は足りず着るものは少なく　金も借りられなかったからではないか
おそらく　自分がもし死んだら子供たちは生きてゆけるかどうかも考えていたのだ
彼女は泣き叫ぶとき　両手で地面を叩くようになった
彼女は「政府よ！　あんたはどうして取り合ってくれないの！」と叫ぶのが常となった
それ以来　彼女が通ると　通りかかった幼児たちは　みな地団太踏んで天に叫ぶ彼女を真似た
それ以来　彼女が通ると　通りかかった隣人たちは　みな口元を歪め横目で見た

二〇一二年十月十五日20：55　北京長河湾

二

母が遺体を受け取りに行ったとき　父は既に荒れ野に晒されたままの魂となっていた
荒れ放題の墓地を巡り　一つまた次の一つと　彼女の男の遺骨を見つけ出そうとした
土饅頭を盛る前に草が繁ってしまい　きちんと数えてゆくことも回り切ることもできなかった
土饅頭ごとに丁寧に敬礼し　彼女の男の名前を叫んでいた
彼女は大通りで会う人ごとに　涙で訴え吠えるが如く泣き叫んだ

人々は彼女に取り合わずに辛いところを突くのだった　天罰だよ　この反革命分子の女房め
彼女は街灯の下で　腑抜けたようにひっそりと夜通しへたりこんでいた
彼女の子供たちは　オンドルの片隅に縮こまって飲まず食わずだった
それ以来　彼女はいつも夜中になってから起き上がって行ったり来たり歩き回り
水を担って運ぶときは　決まって方向を間違えるということになった
土を掘って金に換え　四人の子供を養った
野菜の葉っぱや残り物の骨を家に持ち帰っても　顔を赤らめたことがなかった
ある明け方のこと　土を掘っていると　城壁が崩れ落ちて彼女を埋めてしまった
それでも幸いに　糞を拾い集めている人がいて　土から出ているその手を見つけたのだった
それでも幸いに死ななかった　だがそれ以来片方の脚を引きずることになった
それでも幸いに力仕事をすることができた　だが頭に大きな傷跡が残った
このことがあって　その田舎町の子供たちは彼女が脚を引きずって歩くのを真似た
このことがあって　その田舎町の大人たちは目を細めて彼女の露わな頭皮を冷笑した

二〇一二年十月十五日21：21　北京長河湾

三

母の気性は　いつまで経っても好転しなかったようだ
いきなり怒り出し　私が恐ろしさに屁をひり小便を漏らすほどに叩くのだった
私が近所の子供をやっつけたときには　私を一発ひどく叩くのだった
近所の子供が私の頭を叩いて傷を負わせても　やっぱり私の腹を激しく蹴るのだった
登校時に彼女は　私が掠めとった饅頭をとことん追いかけて　カバンから奪い返すのだった
校内の黒五類*子女糾弾集会でも　壇の下で私に正直に過ちを認めよと叫ぶのだった
私が頭を下げないと　あれを殴れ　殴れ　殴れと叫ぶのだった
あの革命の時代　私は涙をこらえ彼女は涙を流していた
後に　私は屋根の上で読書しながらぼんやり過ごすことを覚え
彼女はもう私を捉まえられなくなった
私が毎日暗くなってからこっそりオンドルに戻るので　彼女は鍵を掛けずにおくだけだった
彼女が自転車に乗って工事現場の夜勤に行くとき　私はいっしょに走ることができたが
私がつまずいて転んだときも　彼女はスピードを緩めなかったし　振り向きもしなかった
私がこっそり瓜の皮を食べ腐った桃の種を拾っても　彼女の心は動揺しなかった
彼女は一貫して涙は流さなかったけれども　私は彼女がいつも目を赤くしていたのを見ている

あるとき　彼女はついに伍分*の金で緑豆菓子を買い与えてくれた
ああ　それこそはこの世の美味　いまになっても忘れられない味だ
また別のとき　私がオンドルの縁に腰掛けて飯を争い　右足でストーブを踏んだときのこと
何日もの間　私を抱いてくれた　私は生涯その温もりを感じ続けることだろう

二〇一二年十月十五日21：52　北京長河湾

四

その後　母もやはり死んだ　夜勤当番のときのガス中毒が原因だったが
彼女は寅年生まれの五十歳　疲労困憊というところまで生きてきたに違いない
当時は　自分が終に知識青年*となり自活できるようになったからではないかと思った
現在は　それは彼女が自分の境遇と他人をひどく恨んでいたからだと考えている
彼女は病床に横たわって床ずれを患い　喉にはしょっちゅう痰が絡んだ
ある日私が大声で呼ぶと　彼女の目頭から涙がこぼれたが　私はそれが無性に嬉しかった
彼女は八ヶ月持ちこたえ　そうしてとうとうある日息を引き取った
脚を引きずりながら　頭に傷跡を残したまま　新しい装束に身を包まれて棺に入った
もう無実を訴えに北京へ上る必要はなくなった　たとえまだ反革命分子の妻であったとしても

私はもう叩かれることもなくなった　たとえまだ反革命分子の息子であったとしても
私たちは彼女を賀蘭山に埋葬し　そうして毎年墓掃除をしている
幸いにも　彼女にはその名前「顔秀英」の刻まれた墓碑があった
私たちは父の名前を彼女の墓のなかに埋めて　ひとまず一つの墓にした
思い起こせば　彼女が父の名前を口にするのを　一度も聞いたことがないのだ
金ができてから　私はもう一度　彼女のために大きな石の墓を建てた
大きくて高くて円くて　彼女はそのなかに住んできっと嬉しいのだと思う
夫は既に名誉が回復され　彼女は終にこの世のなかで安全になった
息子は既に経済誌フォーブスにランキング入りする富豪となり　面目が立った
今年の秋には故郷に帰り　彼女のお墓参りをするつもりだ
彼女を　偉大な或いは可哀そうな「中国の女」と呼ぶつもりだ

二〇一二年十月十五日22：16　北京長河湾

訳注
＊黒五類　地主、富農、反革命、右派、悪質分子の五種類が糾弾の対象とされた。
＊伍分　「分」は中国の補助通貨単位で、「一分」は「一元」の百分の一。漢数字の大字表記の「壹分」、「貳分」、「伍分」の三種類の硬貨がある。「十分」が「一角（毛）」、「十角」が「一元」。「伍分」は小銭であるとはいえ、

母にとっても子にとっても、掛け替えのない貴重な一枚だった。

＊知識青年　一九六八年末に全国の中・高・大学生に発せられた、卒業後は農山村や辺境に入り、貧農・下層中農の再教育を受けるようにという毛沢東の指示のもと、全国の農山村に移り住んだ若者たちを「知識青年（略して「知青」）」と呼んだ。駱英は当時人民公社の生産大隊（幾つかの生産隊から成る）の会計の仕事をした。人民公社とは、日本で言えば、ＪＡと行政組織を兼ねたような農村組織で、一九五八年に設立され、一九八二年に廃止された。駱英には、当時を回顧した『知青日記及び後記』と、当時を様々な景物を通して心静かに回想した『水・魅』との合冊詩集（二〇一二年、人民文学出版社）がある。

石油採掘工黄玉葆

黄玉葆は石油採掘工　当然ながら彼は何と言っても私の長兄である
長男として世の中の数多い辛酸をなめたが　それを一度も口にしたことはない
中学生のときに学業が中断されてしまい　徒弟として映画館で猫や虎を描いた
彼が持ち帰った連環画*が　私の文学の目を開くこととなった
彼は田舎町でドーランまみれになり　朝早くから仕事に出かけ夜遅くなってから帰ってきた
彼は絵の師匠は素晴らしい人だと言い　師匠がジャガイモをくれた日には
大半を残してきて私にくれた　食べ終わった私はもっと欲しいと泣いてせがんだ
彼は大いに怒って私を突き倒し　戸を突きとばすように開けて飛び出していった
もっと金を稼ぐために　砂漠地帯へ行って石油採掘工になったが
オレが石油採掘工になったのはとても光栄なことなのだと　常々言っていた
反革命の子女に彼に対する糾弾集会を当然のこととして開く必要があったからこそ
彼はその後に必ず革命者として毛主席の大肖像画を高い壁に描かなければならないのだった

十歳のとき　私は彼のお供をして糾弾を最後まで辛抱し　宿舎に帰って大いに叫び大いに笑った
私たちは革命歌を高らかに歌ったが相当に調子が外れていた
私たちは砂漠へ行って　キリギリスを捕えトビネズミを手探りし野兎を追いかけた
夕飯の後　灯りの下に座って食券を数えた
労働者仲間は　彼を見ると作り笑いをして避けて通った
彼はいつも　何の前触れもなくいきなり雪靴で足元の石を蹴飛ばしたからだ

二〇一二年十月十六日22：52　北京長河湾

訳注
＊連環画　子供向けの小型の漫画冊子。各ページ全体が絵になっていて、簡単な説明文が付いている。

測量技師黄玉瑛

私の姉の黄玉瑛は　性悪でくどくどとよく喋った
中学校を卒業したらすぐ石油採掘工になるはずだったが　更に看護学校に進んだ
疫病神の私が一日中泣いてばかりいるのを嫌い　塩で私の口を塞ぐのだった
母と意地の張り合いをして　車と衝突してやろう　首を吊ってやろうといつも思っていたが
後に測量技師になり　一年中野外の荒れ山へ出かけていた
その年　彼女の三人の労働者仲間が洪水に押し流されたが
若い娘のことは問題視することはないということか　糾弾を受けることはなかった
騒ぎ立てわめき立て人を引っ掻き　口を裂き歯を抜いてしまうからかも知れなかった
気性の荒い女のコンプレックスは　階級闘争においては優位な場所を陣取ることができた
人は常に彼女のことを煙たがり怖がり　御機嫌を取らざるを得ないのだった
文化大革命のことゆえ　誰かを怖がるという者は誰一人いなかったが
ちょうど折よく　走資派*たちも実権派*たちも打倒されたところだったのだ

彼らはもう　革命の大義によって人を捕え人を殺すというようなことはしなかった
私の姉は一切を滅茶苦茶に叩き潰してしまいそうな態度ですたすた尊大に歩いた
母を埋葬した後　彼女は子供たちのための苦労が始まり
私の駱駝の皮の座布団を娘のむつきカバーにと持って行くのを忘れなかった
私が大学に進学した後は　しばしば三十元を送金してくれ
現在はしょっちゅう電話で　油かけトウガラシ*は要らないかと訊いてくる

二〇一二年十月十六日23：15　北京長河湾

訳注
＊走資派　原文も「走資派」。「資本主義の道を歩む者たち」の意。劉少奇、鄧小平を始めとする多数が「資本主義の道を歩む実権派」として批判・攻撃され、打倒された。
＊実権派　原文は「当権派」。「権力を掌握している者たち」の意。文革は「造反」から「奪権」へと進み、造反派は、市政府や党委員会の側を実権派として奪権の対象とした。
＊油かけトウガラシ　高温の油を繰り返しかけることによって味わいを好くしたトウガラシ。

地質調査隊員黄玉弟

二番目の兄の黄玉弟と私とは仇敵の間柄だった
子供のころとても腹を空かしていたので　私たちは四六時中食べ物のことで争っていた
彼は私を殴っても手加減することができたが　私はほどほどということを弁えなかった
彼は私を連れて馬の口の下へ大豆カスを掠めに行き　私を置き去りにしたことがある
馬丁は私を殴ろうとはせず　大豆カスをくれ　欲しがる私をからかうのだった
後に塀を越えようとしたとき　彼はつまずき転んで顔に傷を負い　口をパンパンに腫らした
近所の子供が一人で私たち二人を殴っても　私たちはとてもやり返せなかった
その父親が手を腰にあてて傍らに立っていたからだ
高校を卒業して彼は地質調査隊に入り　山を幾つも越え河を幾つも渡るようになった
なにがしかの金をくれたことはなく　私に笑顔を見せたこともなかったような気がする
商業局へ行ってからは電気器具調達の責任者となり　かなり羽振りが良かった
キックバックを手にし　取引先のおごりで食べ　酒もタバコも不自由しなかったと思う

文化大革命に対する考えの違いから　私たちは毎日言い争った
彼は造反派を支持し　私は現指導部を支持し　どちらも毛語録を一番高く掲げるのだった
私たちはどちらも　父の面影を思い出せず　それで一度も父の名を呼んだことがなかった
私たちはどちらも　年長者であるのもお構いなしに母と言い争った
私たちは放し飼いの狼のように　歯をむき出し口を歪め野暮ったいのだった
現在　彼は私の部下で　私は彼に故郷に帰って隠居するよう命じたのだった

二〇一二年十月十六日23：35　北京長河湾

私の名前は黄玉平*

一

実は　私の幼名はガーピン（尕平）だった
一九六〇年　もう餓死しそうだというとき　母はあやうく私を人に渡すところだったが
姉が私を抱きしめて大泣きし　どうしても手を緩めようとはしなかった
そういうことがあって私は生き永らえたが　その後の私は少しも平穏無事ではなかった
昼となく夜となく泣いたので　家のみんなは私のことを疫病神と呼んだ
よくオンドルで寝小便をしたので　私の尻は叩かれて腫れっぱなしだった
明け方　母は土を運びに出かけ　鍋にはジャガイモが二個残してあったが
いつも　早い者勝ちとばかりに　二番目の兄が一かけらも残さずに食べてしまった
オンドルから落ちたら　もう這い上がれないのが常だった
グミの実を食べすぎて　いつも大便で脱肛するのだった

秋の収穫の後の畑で菜っ葉を拾い　私と二番目の兄は農民に羊小屋に閉じ込められたが
姉が泣いたり叫んだりして　私たちは空が暗くなってからやっと解放されて家に帰った
厳冬の十二月　私は手足がアカギレだらけになり　絶えず鼻水が垂れ
綿入れの袖でぬぐうので　袖は黒くテカテカして　刀も銃も刃が立たないほどだった
小学校に上がると　クラスのなかで　当然だと言わんばかりに泥棒と見なされた
誰かが物をなくすと　先生は皆決まって私のカバンを裏返すのだった
級友たちは隊列を組んで太鼓を叩き　私は羨ましくて隠れて泣いた
赤いネッカチーフ*を付けたことが無いというのが　私の長年の心の痛みだ

二〇一二年十月十六日23：51　北京長河湾

二

実際のところ　現在において思い出されるあの日々の主要な部分は　屈辱だ
私はトウモロコシを盗みアヒルを捕まえ　人の家の窓ガラスを粉々に割ったことがある
私は小さすぎ隣家は残忍すぎた　鼻が青黒くなり顔が腫れるほどに日常的に私を殴った
私はと言えば　とことん喰らいつき　深夜にその家目がけて煉瓦片を投げつけた
その家では　産まれたばかりの赤ん坊が危うく頭を砕かれそうになってビックリ仰天した

隣家は白旗を掲げて休戦し　私に黒砂糖のかけらを幾つか寄こした
狼と同じように何にでも嚙みつき引きちぎり　精神の屈することのない日々だった
私はやくざ者のごとく無頼の徒のごとく　革命者は私をゴロツキと呼んだ
飯が欲しければ食堂の客の残したスープを掠め取り　なりふり構わず飲み干すことができた
銀川公園で黒禿げ鷲と肉付きの骨を奪い合うこともできた
私はかつて糞を拾って食べ　それが麻花*だと勘違いしたことがある
その日以来私は悟った　糞を食べ尿を飲んだとしても世界の終わりの日というわけではないのだと
その日以来私は明瞭になった　自分は偉大な祖国における賤民にすぎないのだと
私は悟った　流浪するときに三日食べなくても街頭に行き倒れることにはならないと
私は悟った　残飯にありついてもゲロを避けるには決して慌てて丸呑みしてはならないと
月明かりの中で瓜を盗むのに　どれが甘い香りなのか一つ一つ完璧に区別できること請け合いだ
たとえ国家のゴキブリとして忌み嫌われるとしても　追い払われ皆殺しにされるなどありえない

二〇一二年十月十七日20：36　北京長河湾

三

私は死に神とは知り合いではないけれども　小さいころからしょっちゅう間近にすれ違っていた
本当は　狼に喰われて誰かに埋められるか　荒れ山に行き倒れになっていたはずだった
十一歳　賀蘭山の荒れ寺で一人　狼のやかましく吠えるのを聞いた
一晩中　手を休めることなく外に向かって石を投げつけ全身をわなわなさせていた
いま思い返せば　あの長く暗い夜は激しい怒りで頭がグッグツしていた
生産隊*にいたときは　狼を見つけ出せなかったのでかなり沢山の犬を撃ち殺した
十四歳　銅バックルのベルトで男の子の頭をひっぱたいて傷を負わせてしまった
その母方のおじが私をひっ捕らえ車に押し上げ　黄河の岸まで連れて行った
彼は　穴を掘って私を飛び下りさせ埋めてやると言った
私は　グイと彼を見据えて彼の家の先祖十八代を罵ってやった
彼は溜息をついて車に乗り　私のことなどお構いなしにさっさと行ってしまった
私は夜が明けるまで歩いて　家の入口で気を失って倒れた
秋のこと　賀蘭山で杏をつかんで引っ張って岩の上に落ちた
羊飼いが私を抱きかかえて彼の家まで運び　子供の小便を飲ませた

このおかげで私は死なずにすみ　砂を運ぶ荷車に這い上がって家に帰ったのだと思う
壁に寄りかかって座り込み　食べることも忘れ飲むことも忘れてぽかんとしていた
金持ちになってから健康診断した際に医師は言った　私の肝動脈はとっくに切れていると
きっとあの日の死に神は酔っぱらっていて　ちょうど眠っていたからではないかと思う

二〇一二年十月十七日21：03　北京長河湾

四

母は童養媳*だった　それである日故里の青海省湟源からよその土地へ逃げた
私は父のない子であり　向こう見ずな行動をとるという野放図な性格は後々も消し難かった
母は狼の群れに山の洞窟に三日三晩閉じ込められた末に命を与えられ　助かった
私は我が祖国の大地にあって賤民とされ　逃げ隠れのできる場所はなかったが
工宣隊*代表は女生徒を取り囲み　ズボンの股の襠《まち》がひどく突っ張ると笑い
私がまっすぐ睨むことができるのを見つけ　反革命の父親と一線を画せと言い
軍代表は訓話のときに　決まって私を一歩前へ出させて毛主席万歳と大声で叫ばせ
私の精神の奥底にある汚い思想をすっかり入れ換えさせてくれた
邱仲芬は解放軍の高級幹部の妻だということで　全校の最高指導者だった

彼女は一度もまともに私に取り合わず　ずっと私を除籍して追放しようと思ってきた
私を学校に残してよく観察し　必ず生涯にわたる処分の件を調書に書き残すと公言した
私は彼女をチビと呼んで　その目の前で事務室のガラスを全部滅茶苦茶に叩き割った
出身の好い*女子が私をゴロツキだと罵れば　私はインクをその首元に注いだ
男子が私の母を罵倒したので　私は教室でそいつを殴り前歯三本を欠かしたことがあった
授業をサボって城壁の上で『復活』を読み　人類も素晴らしいと感じた
『スパルタクス』によって自分こそが格闘家の子孫だと思った
『モンテ・クリスト伯』は　復讐して恨みを晴らすという人生の大計を私に与えた
『虐げられた者』だったから　私には呪詛する権利があった

二〇一二年十月十七日21：50　北京長河湾

五

少年のころ何度糾弾されたのか　もうはっきり覚えていない
ただし　これまで一度も屈服しなかったことは覚えている
彼らが同級生に木の槍を持たせて私を小突かせ殴らせても
私は舞台を降りるや　さっと腰掛けをつかんでそいつの頭に殴りかかり傷を負わせた

もちろん　少年のころ何度ひどく殴られたのかしっかり覚えてはいない
ただし　これまで一度も許しは請わなかったことは分かっている
私はチェーンを手に　孤立した手下を皮膚が破れて血が出るまでに打つことができた
私は空気銃を握って　鉛玉を遊泳中のワルガキの顔目がけて撃つこともできた
実際　田舎町に狼はいなかったけれども　魂はいつも食いちぎられていた
田舎町には塞外の太陽が明るく輝いたが　私の心が温められたことはついぞなかった
これは　語り出せば　少しばかり寂しい物語だ
これは　思い出せば　人の心が傷ついてしまう歳月だ
これは　採り上げれば　何ものとも比較できない歴史だ
これは　通ってゆけば　傷跡累々たる国家だ
私たちは己の父を殺し　己の子供を辱めてきた
今日　私たちの着飾った胸元には必ずや痛みが見え隠れしている
草木も生えない砂漠の荒れ果てた土饅頭は　もうすっかりなくなり何も残っていない
去れ！　人を悲しませる苦難の歳月よ！

二〇一二年十月十七日22：34　北京長河湾

訳注

＊黄玉平　当時の駱英の本名。のちに黄怒波と名を改めた。

＊赤いネッカチーフ　「少年先鋒隊」のメンバーが付けた。「少年先鋒隊」は、中国共産党青年団の指導する少年・少女の組織で、課外学習をしたり、社会・文化活動などをしたりする。ソ連のピオニールに倣っている。

＊麻花　小麦粉を練った生地を細長く縄状に伸ばし、油で揚げた菓子。

＊生産隊　「農村人民公社」の基本的な生産組織。「生産隊」の上に「生産大隊」があり、さらにそれが集まって「人民公社」となる。文革期、都市の多くの知識青年が赴いた。一九五八年に設立、一九八二年に廃止。

＊童養媳　息子の嫁にするために、幼い時からもらったり買ったりして育てた女の子。息子が成人するまでは下女として働かせた。

＊工宣隊　「工人毛沢東思想宣伝隊」の略。「労働者毛沢東思想宣伝隊」の意。

＊出身の好い　出身が貧農、労働者など、貧しい家庭だということ。おのずから革命思想が培われ、革命を中心的に担いうる存在だと見なされた。

II

文革記憶

——血腥くて、何でもあり。振り返るに堪えず。

毛主席の紅小兵*

十歳　私はすでに毛主席の戦士たる紅小兵になっていた
その年　毛主席バッジを得て　昼といわず夜といわず胸に付けていた
私たちは　小学校の教室のガラスを全部叩き割って革命性を示し
私たちは　先生に命じてトイレ掃除をさせ頭を下げさせて罪を認めさせ
私たちは　校内にビラを貼りスローガンを叫び革命秩序を維持した
そのとき　大胆にも紅小兵の頭上を実際に飛んでいたのは雀だけだった
幸運なことに　私は毛筆を練習していたので　壁新聞*を一人で終わりまで書いてよいのだった
主に批判したのは　校長が出す宿題は多すぎるし　しかも古文を暗唱しなければならないということだった
私たちは毛主席に訴えた　教室で自分たちが自由にやるのを担任が許さないという点を
とりわけ　罰として私を立たせるたびにチョークを頭に命中させるという点を
ある日　私は校長に無理やり十元を支払わせて紅小兵の腕章を作った

このときから　私たちは造反の名目で公印と紹介状*を接収管理することとなった
毎日早朝　敬愛する領袖に向けて指示を請い総括の報告をした
体育教師に毛主席語録を暗唱するよう命じ　言い間違いは許さなかった
終に老校長は恥ずかしさの余り槐の木で首吊り自殺をした
私たちは彼を取り囲んでスローガンを叫んだ　人民に対して縊死した　党に対して縊死したと
叫んだ

二〇一二年十一月六日09：13
米ロサンゼルス、サンマリノ、ウェイブリー・ロード1416

訳注
*紅小兵　文革期、小学生の紅衛兵をこのように呼んだ。
*壁新聞　原文は「大字報」。意見や論評などを、大きな文字で紙に書いて、壁などに貼り出したもの。文革期、しばしば批判・自己批判の場となった。お知らせやニュースを伝える掲示とは異なる。「壁新聞」五二頁参照。
*公印と紹介状　公印は官公庁或いはその代表者の公式の印であり、紹介状はある官公庁や組織・団体などが、別の官公庁や組織・団体に人を派遣するときに用いる連絡用の書類であり、それらを小学生が接収管理したと言っている。それがあれば、指示や文書にお墨付きを与えることができる。

「紅宝書」

紅宝書とは　つまり毛主席語録のこと　キラキラと真っ赤に光り輝いていた
それを高々と掲げれば闘志は高揚し　旧世界を粉々に打ち砕けと志が奮い立つのだった
議論するときはしょっちゅう最高指示を引用し　そこから学び現場で活用したのだった
標的は走資派だった　たたきのめし　そうして踏みつけてやるのが目的だった
紅宝書を恭しく掲げれば　誰でも毎日　抑えようもなく熱い涙が目に満ちるのだった
主席の言葉の一つ一つが真理　文字は一つ一つ眩しく輝き　一文は他の一万文に匹敵した
だから　紅小兵たちは革命の方向を得て永遠に針路を見失わず　心は赤く目は輝くのだった
地主と戦い牛鬼蛇神*を批判し　情け容赦ない文字と言葉で非を鳴らして攻撃した
老校長をジェット機の格好に跪かせて三角帽子をかぶせ白札*を首にかけ　通りを引き回して見
　せしめにした
紅宝書を前にして　彼は両目をかたく閉じ顔色は蒼ざめていた
彼は求めた　毛主席語録を高らかに暗唱して忠誠を示したいと

彼は望んだ　紅宝書を返してもらって正しい人間に生まれ変わりたいと
今私は推測する　さぞかし彼は悔しさが腹に満ち　心に怨みを抱いていたことだろうと
紅宝書は半乾きの状態　半ば赤く半ば黒く　老校長の死体といっしょに発見された
翌日　私たちは激しい怒りの炎を燃やして老校長の亡霊を批判した

二〇一二年十一月七日06：47
米ロサンゼルス、サンマリノ、ウェイブリー・ロード1416

訳注
＊牛鬼蛇神　牛の妖怪と蛇の化け物。妖怪変化、得体の知れない様々な悪人たちということ。党・政府機関の指導者たちを指している。
＊白札　地位も肩書も失った一庶民だということを示している。

「忠字舞」

忠字舞とは　心の奥底に革命を起こす踊りなのだった
私たちは行進するときに踊り議論するときに踊り　家でも踊った
拳を握りしめて胸を張り　顔を上げて両の目を大きく見開き　視線を遠くへ送らなければならなかった
その実　いま思い返せば　寺の金剛像が菩薩像のために立ち番の巡回をするのに少し似ていた
動作は単純で力強くて　早かれ遅かれ馴染んできて　それで老若男女誰もが踊った
身体の肥瘦　背の高低は問わず　走資派も九番目の鼻つまみ者*も工農兵*もみんな嬉しさに踊り出さなければならなかった
毛主席万歳を声高く叫ぶとき　私たちは集団の隊形を作ってピタッと身動きしなかった
カーキ色の軍服を着て軍用のベルトを締め　胸には毛主席バッジがきらきら光った
老校長は早朝に起床　星明かりのもとをこっそり練習しに行くのを私たちに尾行された
私たちは通報し　彼は腰を屈め背中を下げ目を伏せ眉を垂らしつつ毛主席に不満を抱いてい

る　と暴いた
彼を糾弾するとき　集団になって「忠字舞」を踊り毛主席語録歌曲を高らかに歌った
太陽が天高く照らすとき　私たちは熱い血がたぎり毛主席万歳万々歳と大声で叫んだ
このときから「忠字舞」は　私が革命意識を表わす心のスタイルとなった
陽が昇るのを見るたび　心には厳かな「東方紅」*が響き始めるのだった
彼方を思いやるとき　私はいつも拳をきつく握りしめているのだった
心のなかには全世界をぶち壊してやるという狂暴な思いがいつも昇ってきていた

二〇一二年十一月七日07：25
米ロサンゼルス、サンマリノ、ウェイブリー・ロード1416

訳注
＊九番目の鼻つまみ者　知識人を軽蔑した言い方。「地主」、「富農」、「反革命分子」、「悪質分子」、「右派分子」、「裏切り者」、「敵のスパイ」、「悔い改めない走資派」の後にくる（九番目になる）ということ。「悪質分子」とは、窃盗犯、詐欺犯、殺人犯、放火犯、ヤクザなどのこと。
＊工農兵　「工」は労働者の意。労働者と農民と兵士（人民解放軍）のこと。革命の中心的存在だとされた。
＊「東方紅」　陝西（省）北部地方の古い民謡に、毛沢東を讃える歌詞を付けたもの。代表的な「革命歌曲」。

マンゴー

敬愛する毛主席から　光り輝くマンゴーが造反派にプレゼントされることになった
おお天よ　辺境の小都市の人たちは夜も眠れず　三日三晩待ち焦がれた
人々はドラを叩き太鼓を打って「忠字舞」を踊りだし　総出で道の両側から歓迎した
人々は顔中を涙でぬらし　心も張り裂けんばかりに毛主席万歳と声を張り上げた
造反派はマンゴーを捧げ持ってゆるゆる進み　まるで帝王の使者のようだった
その日人々は伝え聞いた　マンゴーは空高くきらめき香りは市全体に満ち溢れたと
私は小さすぎて　終始人の後ろに押しやられマンゴーの姿は拝めなかった
本当は　私は出身が好くなくて　毛主席の良き戦士たるに値しなかったのかも知れない
マンゴーの到来により　田舎町は革命の情熱に火がついて盛り上がり沸き返った
町中が声高く叫んだ　身を粉にしても偉大なプロレタリア文化大革命を最後までやりぬくと
マンゴーが最終的に腐ったのか　誰かにひそかに食べられたのか　誰も知らなかった
なぜなら後から駆けつけた人たちが「文攻」を「武衛」に切りかえ*次々と血眼になったので

マンゴーが通り過ぎる道路は戦場と化し　到る所に銃声が起こったのだった
殉難者を悼む哀調の曲は　日一日と辺境の小都市の最も知られた曲となっていった
後にマンゴーは日常的に食べたので　私は革命の激情を失ってしまった
後に日常的にマンゴーを食べたので　私の耳元にはいつも哀しいメロディーが響いた

二〇一二年十一月七日07：51
米ロサンゼルス、サンマリノ、ウェイブリー・ロード1416

訳注
＊「文攻」を「武衛」に切りかえ　「文攻」とは、言論を用いて道理や論理で攻めること。「武衛」とは、武力で守ること。文革中のスローガン「文攻武衛」を踏まえている。

最高指示

大型スピーカーが全市に放送する時刻が懐かしく思い出される
私たちは畏まって立ち　北京中南海から来る最高指示に静かに耳を傾けた
偉大な舵取り*は　迷霧の中でそのときそのときの針路を明確に指し示した
私たちは「紅宝書」を高く差し上げ鉄の鎖の鞭を持ち　一切を粉々に打ち砕く準備をした
走資派はすでにやっつけたので　私たちは決闘の矛先を変えた
学友を攻撃し先生を攻撃し　誰が最も毛主席に忠実かを競い合った
大型スピーカーを高々と取り付けて頭上に革命歌曲を響かせ　毛主席語録を放送した
最高指示を放送できるので　私たちは大型スピーカーを仰ぎ　他の何よりもそれを崇敬した
権力を奪還してプロレタリア専制を実行しなければならなかったから
大型スピーカーは　偉大な指導者の偉大な精神をいつも伝えてきた
激しい戦いに殺気立っていたが　誰もあえて回線を壊そうとはしなかった
激戦続く戦場だったが　誰もあえて大型スピーカーに向けて引き金を引こうとしなかった

私は何度となく　大型スピーカーまで這い登って細部までピカピカに磨こうとした
自分が最も忠実な紅小兵だということを　毛主席に知ってもらいたいと思ったのだった
当時はカラスが多く　いつも大型スピーカーにとまり互いの耳に口を寄せてこそこそ囁いていたが
市中の人は顔を上げて眺めはしても　誰一人縁起の悪いものだと言おうとはしなかった

二〇一二年十一月七日08：18
米ロサンゼルス、サンマリノ、ウェイブリー・ロード1416

訳注
＊偉大な舵取り　革命歌「大海を行くには舵取りに頼る」も毎日のように放送されたことをふまえている。「革命歌を歌う」二二三頁参照。

壁新聞

私たちが幸いだったのは　私たちが毛筆文字によって壁新聞を書くことができたからだ
私たちが幸いだったのはそれが文革だったからだ　大いに意見を述べ大いに議論し大いに弁論
　することができた
小麦粉を何袋も湯に溶かしてノリにするとき　私たちは戦場の戦士のようだった
壁新聞を何枚も大通りいっぱいに貼り出すとき　私たちは白兵戦をする人のようだった
誰のことでも嘲り罵ることができたし　誰の身の上やプライバシーでも公表することができた
このため　壁新聞の前はいつも人の群れがひしめき合い　大声で朗読する者もいて　その上懐
　中電灯を持つ者までいた
反撃する者は　より大きな字でより長い文章を書き　より猛烈に反撃してお返しをした
このため　田舎の都市の生活は常にとても激情に満ち　とても革命的で　そしてとても心を揺
　さぶるものだった
ところがある日　一人の闘士が毛主席の名前の一字を書き落としてしまった

しかも　闘志が高ぶるあまり壁新聞を貼る順序を逆にしてしまった
人々は彼を捕まえ　党派の別を忘れ声をそろえて憤激批判した
誰かがノリを頭にかけ　さらに墨で顔いっぱいに字を書いた
誰かが鉄の鎖の鞭で叩き　彼は全身血まみれで自分の壁新聞の前を転げ回った
人々が彼の顔めがけて唾を吐いたとき　彼は苦しげに声を張り上げて毛主席万歳と叫んだ
この夜　全市が出動して懐中電灯を高く差し出して壁新聞の一つ一つを事細かに読んだ
ある者はいい気味だとひそかに笑い　ある者は震え上がって落ち着かず　泣くに泣けなかった

二〇一二年十一月八日16：22

米ロサンゼルス、サンマリノ、ウェイブリー・ロード１４１６

体験大交流*

誰もがみんな紅衛兵だった日々　誰もがみんな体験大交流をしていた
紅衛兵は背嚢を背にし腰に軍用の水筒を下げて　列車にひしめき合った
皆が延安へ行き北京へ行って　革命の種をまき造反の経験を学び取った
皆が男女の区別なく赤旗を掲げ袖をまくり　祖国の山河を一面の赤にした
むろん　走資派は何度も糾弾されなければならず　牛鬼蛇神は多くの脚に踏みつけられなければならなかった
体験大交流は青春を火のように燃焼させ　中国は牡牛同様に絶え間なく動き回るのだった
ビタ一文持たず衣食も携帯せず憂いのなかったあの素晴らしい月日は　正直懐かしい
紅衛兵は中国の至るところを歩き至るところで食べ至るところで攻撃し　至るところに接待所があった
ところが　私の体験大交流は期待とは裏腹に大きな災難となってしまったのだった
私は北へ行く汽車に潜り込んだが　一夜が過ぎて人々に小さな駅で追い出されてしまった

紅小兵なので　怒鳴りもできず人の心を打つこともできず　おのずから立場は弱く
私は駅をうろついて　汽車が北へ向かうのを何度も見ているしかなかった
紅衛兵たちは北京の天安門で　手を振る偉大な指導者の接見を受けているのだと　想像するしかなかった
気持ちが高ぶり　プラットホームで声を上げて泣き喚き　紅宝書を振り振り大声で叫んだ
女駅長は真剣に真面目にうちとけた話をしてくれ　革命の道理を説明してくれた
彼女は言った「小さな同志　革命の道はまだとても長い　毛主席はきっといつまでも君たちを待っていてくれるよ」

二〇一二年十一月七日17：06
米ロサンゼルス、サンマリノ、ウェイブリー・ロード1416

訳注
＊体験大交流　原文「大串联」。文革初期、全国の中学・高校の紅衛兵による大々的な体験交流運動が展開された。ほとんど制約はなくむしろ種々の便宜がはかられた。

対地主闘争

文革到来　私たち紅小兵は勇猛に突撃し　必ず農村へ行って老地主と戦わなければならなかった
それは黄河の岸辺の古びて寂れた村　人口は少なかった
それは冬のこと　破れた綿入れを着た村民が痩せた年寄りを連れてきた
その日　陽射しはなく　村民たちは刻みタバコを吸い畑の傍らにしゃがんで眉根に皺を寄せていた
日常的に糾弾されているので　老地主は肩を落とし背中を縮め　手は重ねて垂らし顔は無表情だった
彼の息子や娘たちは　柳の向こうに隠れて顔を半分出し　花を手にしているらしかった
私たちは紅小兵　地主と戦い走資派を批判するのは歴史の与えた光栄な使命なのだった
代わる代わる前に出て発言した　劉文彩と黄世仁の借りはみんな老地主がかぶるのだと
老地主は全てを認め寛大さを求め　二頭の羊と六羽の鶏を皆さんに寄付したいと願い出た

彼はさらに言った　あの年の土地改革は計算に誤りがあり　階層区分を間違えられたのだと
私たちは激しくいきり立ったが　敵の狡猾さと階級闘争の複雑さを認識した
誰かが老地主を押し倒し　その頭を足蹴にして地面に転がした
馬小紅は十一歳の女の子　比類なく激しい気性の乱暴者で　老地主の顔を手で引っ掻いた
私は十歳　両の手は兎の足　老地主の胃に容赦なく力任せの鉄拳攻撃を加えた
老地主が静まりかえると　隊列を組み毛主席語録の歌を高らかに歌って市内へ戻った
翌日　老地主の子供たちが紙銭をまきながら棺を担いでいるのを　私は見た

二〇一二年十一月九日03：50
米ロサンゼルス、サンマリノ、ウェイブリー・ロード１４１６

四旧を打ち破る＊

「四旧を打ち破る」とは　もちろん　女性たちがもう長いお下げを残しておけなくなったということだった
なぜなら「中華の児女には偉大な志が満ち　化粧・飾りは好まず　武装を好む」からだった
宣伝隊は　田舎町の大通り・小路をチェックし革命の決定を宣伝する役目を負っていた
女性たちは続々とそれに呼応し　長い髪を切り落として旧伝統と決別した
町にやって来た農村女性は　大泣きして大騒ぎして　帰っても人に顔を合わせられないと言った
紅衛兵は道理正しく言葉は厳格　手が動きハサミが切り落とし　頭は残ったがお下げは残らなかった
我が姉はとても革命的で　頭に残すは短髪　母に高いレベルの覚悟を促したが
母は　お下げをなくしてどうやって道を歩くのか　どうやって外へ出るのか分からないと言った

姉は譲歩し　母の為を思って長い髪を十センチ短くしただけだったが
翌日　家の戸口で　紅衛兵によってキレイさっぱり剃られてしまった
隣家のおばさんは　屋内に三日隠れて飲まず食わずだったが
そこの小さな娘が紅衛兵を導き入れたので　捕えられ通りを引き回され見せしめにされた
髪を短くした女性たちは　顔を上げ胸を張って通りを歩いた
彼女たちは腰に軍用ベルトを締め手にハサミを捧げ持ち　長い髪を残した女に会うたびに捕まえた
私は彼女たちの後についてゆき　黒くてつややかな長いお下げを拾い上げた
廃品買い取り所へ行って　五百グラムを二角ほどで売りさばいた

二〇一二年十一月八日04：40
米ロサンゼルス、サンマリノ、ウェイブリー・ロード１４１６

原注

＊破四旧、立四新（四旧を打ち破り　四新を打ち立てる）　一九六六年六月一日、人民日報社説「一切の牛鬼蛇神を一掃しよう」は、「数千年にわたって搾取階級が造り出してきた、人民を害する一切の旧思想、旧文化、旧風俗、旧習慣を打破しよう」というスローガンを提出した。立四新とは即ち新思想、新文化、新風俗、新習慣を打ち立てるということである。

「黒五類」追放*

確か一九六七年の田舎町の南門広場の夜明けだった　あふれんばかりに人が集まっていた
それは確か　党中央決定のプロレタリア独裁を堅持し「黒五類」を追放する行動だった
子供の数が多く　がやがや騒いではしゃいでいたが　父母たちは何が何だか訳の分からない面持ちだった
「黒五類」たちは時勢を知っていて　従順な羊のように手荷物をトラックに載せた
彼らはプロレタリアの敵であり　必ず農村へ行って苦しい思いをし　難儀をしなければならないのだった
彼らは新中国の卑しい人間であり　都市で子を産み育てるようにはなっていないのだった
何麗麗は　私の隣の席だったが西海固山地区へ移転させられた
私は彼女のことが好きだった　彼女のことを『三家巷*』の区桃だと思っていた
彼女の父親は馬鴻逵*の副官だった　きっと解放軍と対峙していたのだ
革命者は決して階級の恨みの血と涙の仇を忘れることはないのだった

伊慶は十一歳　山間地区の洞窟住居へ追放された
ところがそれは尾根にあり　風が吹き込み陽が射し込んでも戸を閉められなかった
何年も経って　彼の口数は少なくなっていて　私たちは彼のことをジャガイモと呼んだ
彼は　それは山で羊を放牧していて　ずっと人に会えなかったからだと言った
今の何麗麗は　朝から晩まであっちでもこっちでもとめどなく喋る
それは　私が思うに　小さいときから勝手気ままな言動などとてもできなかったからだ

二〇一二年十一月十二日05：10
米ロサンゼルス、サンマリノ、ウェイブリー・ロード１４１６

原注

＊「黒五類」追放　文革が始まったばかりの頃、全国の多くの地方が「黒五類」（地主、富農、反革命分子、悪質分子、右派分子）に属する人員を家族ともども、武力を用いて強制的に都市から追い出し、その地方の辺鄙な農村へ引っ越させた。

＊『三家巷』　欧陽山の著した長編小説。区桃はそこに登場する若い女性。大ストライキのデモ行進中に流れ弾に当たって死ぬ。

＊馬鴻逵　西北軍閥「四馬」の一人。最初は馮玉祥に付き従い、後に蒋介石を頼り、十七年の長きにわたって寧夏省主席の座を占め、軍政の大権を一身に集め、人からは寧夏の「土皇帝」と称された。

反動的スローガンを書いた李軍

何者かが「打倒毛主席」と書き　それがある日公園のトイレで見つかった
全市で筆跡の照合が行われ　私の同級生の李軍が捕えられた
ところが彼は発見者でもあり　彼はこのことによって手柄を立てようとしたのだった
校内で緊急の糾弾集会が開かれ　彼に対して罪を認めさせ過ちを後悔させた
思うに　彼はまだ初犯であり　出身も好くそれで投獄はなかったのだが
糾弾されても　紅衛兵の腕章をはずされ取り上げられることには頑として応じなかった
彼は跪き　地面に頭を打ちつけて許しを請い　さらに唇を噛み切ってしまった
それ以来　彼は毎日早朝登校をし　白い腕章を付けて清掃をしなければならなかった
学校では「李軍はなぜ罪を犯したか」をテーマにした文章を全員で書くことにした
彼自身の書いたものが最もすぐれ人を最も深く反省させると　教師も生徒も一致して認めた
ところが　ある日彼は　清掃中に又しても毛主席の磁器像を割ってしまった
クラス全員がビックリ仰天　キョトンとし　彼の顔は絶望のあまり血の気が失せていた

事ここに至り　懲役四年が求刑され公開裁判が開かれる羽目になった
彼はとても小柄でしかも後ろ手に縛られて頭が下がり　首から下がった罪状札を引きずってい
た
学友たちは　彼が刑期満了釈放となっても出所を拒んだことを知った　誰も再び彼に会うこと
はなかった
聞けば　監獄では木を植えたり草を刈ったりすることが主な仕事だったという

二〇一二年十一月八日05：37
米ロサンゼルス、サンマリノ、ウェイブリー・ロード1416

共産主義自主講座

呉樹章　呉樹声は　共産主義自主講座を立ち上げた
彼らは「文化大革命は赤色テロだ」「知識青年の下放*は形を変えた労働改造だ」と言った
彼らは昼は工場で働き　夜はいっしょにマルクス・レーニンを精読した
手紙をやりとりして　プロレタリア文化大革命はどうして暴力となり血腥くなるのかを研究考察した
だが　偉大な公安が郵便物を押収してしまった　密告によると言う人もいた
あの時期　まさしく市全体を揺さぶる重大な反革命事件だった
熊曼麗は電気工だったが　彼女は仲間より一足先に感電自殺をした
彼女はきれいで聡明で　何といってもとても読書好きだったと皆が言った
魯智利は名の知れた旋盤工だったが　死刑を言い渡され銃殺された
スローガンを叫ぼうとしたので　まず先に気管を切断された
呉氏兄弟は車上に拘束されて　見せしめのために市中を引き回された

私たちは後について走り　彼らの死刑が執行されるのを見ようとした
彼らは頭を押さえられ　首に掛かった罪状札には真っ赤な大×印が書かれていた
彼らは死ぬというのに　市全体は沸き返り　重要な祭日に出会ったようだった
私は小さすぎて人混みの後方へ押しやられ　銃声が聞こえただけだった
人混みの隙間から私が見たのは　彼らの口が地を噛み　折しも血が流れて泥にしみこむところだった

二〇一二年十一月八日06：01
米ロサンゼルス、サンマリノ、ウェイブリー・ロード1416

訳注
＊下放　行政・党の幹部や知識人を地方農山村や工場現場へ行かせて労働鍛練または思想改造をすること。

鍛治屋の劉さん

鍛冶屋の劉さんの鉄を打つ店舗は　毎日炉の火が燃えさかっていた
彼は通りに立って鉄を打ちつつ　何やらぶつぶつ呟いていた
多くのことに不満らしく　呟きを聞くと不平不満を言っているような感じなのだった
ところが　今になって思えば彼は実際には精神疾患だったのだ
些細なことにもうるさい隣近所が　彼の反動的言辞を毎日しっかり記憶していた
紅衛兵は　変装して彼の一挙手一投足を観察した
公安は　彼がソ連修正主義の特務で　機に乗じて政権を転覆しようとしていると疑い
ときには鍛冶屋の劉さんが話すのはロシア語だと考えたが　それは誰にも理解できないからだった
劉さんの息子は　劉さんが鉄を打つのをもう許可されないのではないかと恐れた
劉さんは息巻いてハンマーを振り上げ鉄を打ち　このバカ野郎を叩き潰してやると言った
こうして　鍛冶屋の劉さんは公開裁判によって逮捕され　刑場に送られて銃殺された

見せしめの市中引き回しのときも　まだひっきりなしにバカ野郎クソ野郎と言っていた
なぜなら　彼は政治犯ではなく気管は切断されていなかったからだ
皆は言い伝えた　彼はロシア語でプーシキンの詩篇を暗唱していたと
銃声が響いた後も彼は倒れずにいたので　公安は一面に乱射したと
彼は喘ぎながら目を半ば開いていた　それが多年にわたって私に悪夢を見させた

二〇一二年十一月九日04：22
米ロサンゼルス、リンダ・アイスル、ニューポートビーチ96番地

大網お玉・小網お玉

今や誰も知らない　彼女の名前も　大網お玉・小網お玉と呼ばれていたことも
彼女は老女だった　痩せこけていて　いつ見ても唇にはタバコが挟まれていた
息子も娘もいない独り身らしく　一人で大通りを歩き小路を抜けて網杓子を売っていた
大網お玉　小網お玉と声を張り上げては　針金を円く編んで網にしていた
ところが　しょっちゅう「陽は昇って　ちょっとだけ紅い」と歌も歌っていた
市中の皆が　何年にもわたって何回となく聞いていた
彼女は幽霊のような人だった　今に至るまで誰もその素性をはっきり語っていない
彼女はずっとその格好を変えずに　私の幼少年時代を歩いていたようだ
何とも残念なことだった　政府は彼女に死刑判決を下し　反革命だと規定した
彼女が大胆不敵にも　全世界を照らさないと歌って　太陽の名誉を傷つけたというのだった
私には分かった　彼女は文字も革命も知らず　何がプロレタリア独裁かも理解していなかったのだ

彼女は余りに貧しいから　きっと自分を銃殺した弾一つの費用も払えないだろうとも思った
公安はただ撃つだけで費用徴収には関与しないから　何丁もの銃で撃ったのだった
実際のところは　最初の弾が後頭部に撃ち込まれただけで彼女はお陀仏だった
その衣服は薄かった　見物人は上着の裾の端をまくり上げてその乳房を見た
黒くて皺くちゃで小さくてペチャンコで　日干しの牛糞のようだった

二〇一二年十一月九日04：43
米ロサンゼルス、リンダ・アイスル、ニューポートビーチ96番地

盲人夫婦

我が家のちょうど斜め向かいに盲人夫婦が住んでいた
小さな地方都市のこと　口げんかする彼らの声が朝から晩まで聞こえてきた
昼間　盲人の夫が車を引き　婆さんが道案内を受け持った
彼らは常にくどくど喋り　一人息子のことでいつまでも言い争った
彼らの息子は大馬鹿野郎で　いつも私を殴り倒すのだった
彼は隣近所から盗み父母から盗み　盗みのために生きているようなものだった
紅衛兵も彼とは事を構えなかった　彼が横暴で尖がっていて　以前から命知らずだったからだ
父母はひどく溺愛したので　彼は大通りに寝転んで暴れたり転げ回ったりするのだった
彼は造反も革命もせず　公安は彼を目障りに感じ　彼のことを聞くと頭が痛かった
大衆独裁の名目で彼を捕えることが決定されたとき　彼はその日の夜に行方をくらました
ソ連へ駆け込めばきっとパンと牛乳があると　盲人の父親が言ったのを誰かが聞いていた
野外映画をやったとき　父親は『レーニン１９１８』を始めから終わりまで見たのだった

聞けば　息子は寧夏を出て内モンゴルを横切りモンゴル領内へ入ったという
聞けば　息子は追い返される前にモンゴル国境守備軍に肋骨を折られたという
聞けば　息子は後に脱獄したあと砂漠で風雪に埋もれたという
聞けば　盲人夫婦はやっぱり車を引いたが　彼らが言葉を交わすのを聞いた者はもういないという

二〇一二年十一月九日05：04
米ロサンゼルス、リンダ・アイスル、ニューポートビーチ96番地

哈文貴

哈文貴は私の隣家の長男で　とかく余計な世話をやきたがった
紅衛兵が九番目の鼻つまみ者と戦い走資派を罵倒するのが　どうしても気に喰わなかった
腕力が強くて歩くのが速かったが　彼が何を生業にしていたのか未だに分からない
「回力」印の白の球技用シューズを履いていたが　当時それは如何にもゴロツキの標準装備だった
紅衛兵は二派に別れていたが　どちらも毛主席の接見を受けたことがあり　双方極めて強硬だった
彼らは一人一人に態度をはっきりさせるように言い　自陣の隊列に加わるように迫った
彼らは取り囲み　動揺している者を鉄の鎖の鞭で打つことができた
その鉄の鞭は針金で編んであり　先端は鉄球だった　私も一本持っていた
哈文貴の鞭は太くて長く　ベルトとして腰回りに巻いていた
彼は以前に　一振りしただけで拳の太さのセナギバグミを真っ二つにしてしまったが

紅衛兵の不倶戴天の仇だったので
争っていた両派は密かに示し合わせ　彼に対して罠を仕掛けたのだった
ある冬の夜　皆は家の中から走資派を引っ張り出してさんざんに打ちのめした
哈文貴は駆けつけてきて　義勇を頼みに加勢すれば皆が恐れをなして引き下がると考えたが
皆はたちまち彼を叩き殺してしまい　彼を肥溜めに放り込んでしまった
厳寒の季節　彼はたちまちカチカチに凍りついてしまった

二〇一二年十一月九日05：21
米ロサンゼルス、リンダ・アイスル、ニューポートビーチ96番地

市中引き回しの破れ靴*

もう一人のクラスメイトは　ずっと私の不倶戴天の仇だった
私はパチンコで彼の顔を撃ったことがあり　彼は鉄の鞭で私の頭を叩いたことがある
ところが彼の姉はとても美しく　いつも笑顔で私に接した
彼女の周りは　派の異なる紅衛兵でいっぱいだった
彼女は　婦女は生まれ変わるべきだとして　天下のあらゆる男を眠らせる誓いを立てた
彼女は　軍装をして軍帽をかぶり短髪にし　至るところで外泊した
文革の良い点は皆が皆造反することだった　だから憚るところがないのだった
鉄の鞭が手にあればもう主人公　あまねく天下を平定して永遠に毛主席と共にあるのだった
美貌の姉さんは　セックス後の男の大腿に匕首を突き刺すのが常だった
彼女は言ったのだった　さあ　やれるもんならこの姉さんを一突きしてみな！
切られた紅衛兵が　造反派のボスである父親に訴えた
造反派は美貌の姉さんを捕え　見せしめの市中引き回しを行った

彼女の首には破れ靴が掛けられ　顔は派手に塗りたくられていた
それは田舎町がにぎわった一日　市民総出の見物で　興奮の極みとなった
俯いていたけれども　彼女は顔なんてどうでもよかったのだ　それは私が請け合う
敢えて言おう　彼女は「クソッタレ　やれるもんなら　この姉御のオマンコをボロボロにして
みな！」と言ったのだ

二〇一二年十一月九日05：38
米ロサンゼルス、リンダ・アイスル、ニューポートビーチ96番地

訳注
＊破れ靴　身持ちの悪い女、貞操のない女の喩え。

今日は反革命の銃殺だ

あの時代　反革命の銃殺を見るのは田舎の都市の憂さ晴らしの一大イベントだった
私たちは市中引き回しの護送車にくっついてゆき　他に先んじて好位置を占めるのが得意だった
とはいっても　用水路わきの荒地での出来事に過ぎなかった
いつもセナギバグミの木の香りがしていて　それが熟すると一面の黄金色だった
解放軍兵士が小さな赤旗を突き立てると　それが刑場の印となるのだった
反革命犯が両腕を後ろ手に縛り上げられ頭を下げさせられて跪いた後に　襟道から長い木の板がさしこまれると
銃口を犯人の後頭部の出っ張りに寄せることができ　私たちも間近に取り囲むことができた
見物人が最も堪能するのは多人数を同時に銃殺する場面であり　それこそ見応えがあるというものだった
あるときなど刑場は跪く十七人でいっぱいになり　男あり女あり　並べられて長い列となった

指揮官の旗の一振りで銃声が一秒間響き渡り　一秒間静まり返った
公安たちは短銃を手に死人たちを一人一人ひっくり返して検査した
彼らは手にしたピンセットに綿を挟み　死者の鼻先に置いて息の有無を見た
彼らはときには死者の胸を思いっきり足蹴にすることができた
或いはどの銃も　もう一度死人の一つ一つに撃つことができた
彼らは血だまりのなかを歩き　私たちが「もっと何発も撃て」と叫ぶのを容認した
何故なら　私たち全員が見たのだった　女の死体の一つがずっと胸を動かしていたのを

二〇一二年十一月九日06：02
米ロサンゼルス、リンダ・アイスル、ニューポートビーチ96番地

城壁そばの処刑場

あるとき　私たち第四中学の土塀のほとりが処刑場に選ばれた
一人だけの罪人　地位も罪名もはっきりと聞き取れなかったのは残念なことだったが
いま思えば　土塀はそれほど高くはなく　だから思い切り見物できた
彼は土塀の方に向き　私たちの足の下の方に跪いた
遠いところの人は　発砲の瞬間に間に合わないかと気が気ではなく　狂わんばかりに駆けつけた
それは夏の一日　少しばかり暑く少しばかりムッとして少しばかり息切れがした
殺すのは一人だけだったので公安たちは意気が上がらなかった
杓子定規のお役所仕事のことだから　地面に大ならず小ならず円形に線が引かれた
処刑執行人は　半自動歩兵銃の立てた銃剣を　犯人の後頭部の出っ張りに押し当て
犯人を支え立たせていた二人が　赤い×印を付けた木の板をさっと抜いて引き下がったが
銃声が響き渡っても少しの反応もないらしく　公安がやって来て彼を蹴り倒した

彼は顔を傾けた状態で泥に倒れたが口の方はパクパクさせていた
彼は何かを話したかったのだと思う　誰かの名を叫ぼうとしたのか　それは分からないが
聞くには至らなかった　それより前に公安が彼の頭に向けてまた一発撃っていたからだ
頭蓋の真っ赤な血は拭きとられ　白い脳みそには　すぐさま小さな赤旗が挿し込まれた
一時間後　何者がその衣服を剝ぎ取っていったのか　陽の下には裸の死骸があった

二〇一二年十一月九日06：47
米ロサンゼルス、リンダ・アイスル、ニューポートビーチ96番地

切り殺された紅衛兵

死人を見て成長した世代なので幽霊は怖くない
例えば反革命は銃殺された　或いはまた地主は糾弾されて死に　紅衛兵は切り殺された
その年　炭鉱労働者の造反派が攻勢をかけ　西塔の学生たちは守りを固めていた
三日三晩　戦闘は熾烈を極めた　それでもまだ死人は出ていなかった
学生たちは屋上から雨あられと石を降らせ　命懸けで偉大な指導者を防衛した
鉱夫たちは声高に造反有理を叫び　刀や両刃なぎなたをピカピカに磨いた
町中の人間が観戦し　食べることも飲むことも忘れてどっと声援を送った
石礫は乱れ飛び刀はきらめき　革命の闘志は誰も彼もすこぶる強靭だった
高い壁を攻め破ってからの鉱夫たちは　ならず者学生のヒヨッコをさんざんにやっつけた
手を上げて降参した者は　尻に鉄の鞭打ち三回の後　とっとと失せろということでよかったが
無鉄砲野郎の紅衛兵はパチンコを高々と掲げ　不屈の精神で依然として四方へ射ちまくってい
た

何故かと言えば　周りで見物する女子が　彼のことを男の中の男だ英雄だと叫んだからだ
一人の鉱夫が刀を握って背後に回り　不意に彼の後頭部に斬りつけた
彼は即死だった　遺体は家族によって軍の警戒守備区の集合住宅に担ぎ込まれた
解放軍は擁護のしようがなく　公正な道理を示すにはとても難儀すると言ったのだった
市全体が人の列となり　切られて二つになった頭を代わる代わる眺めるのだった

二〇一二年十一月九日06：37
米ロサンゼルス、リンダ・アイスル、ニューポートビーチ96番地

浴槽の中の死体

浴槽の中の死体は造反派だった
彼は何者かにフォークで突き刺され　また何者かに軍区集合住宅の宿舎に放り置かれた
造反派たちは　相手側の反動性と残忍さをこのことによって証明した
彼らは言った　血塗られた負債は血による返済だ　解放軍は我々に代わって仇をうつべきだと
死体はホルマリン液に漬けられ　変形することもなく腐乱することもなかった
身体は尻をさらけ出して横たわっていて　あばら骨の間の小さな穴を見ることができた
人々は群れになって次々にやって来て列を成し　死体を見て小さな穴を数えた
死体の口を見たらしきりに叫ぼうとしているようだった　絶対そうだったと言う者もいた
その死体は真夜中にベッドに這い上がって眠ることができるのだと言い
そいつは偽装死の造反派だ　目的は解放軍に手を引くよう迫ることだと言う者もいた
私はと言えば　三回見たが　そのたびにその小さな穴に指を突っ込みたい気持ちをこらえきれなかった

傷口がどのくらい深かったら人は人の世から離れられるか　それを知りたいというのが主な理由だった
そして　子供仲間にホラを吹くときに最強の発言権が保てるように　彼をひっくり返して彼が目を閉じているかどうか見てみたいとも思った
その死体は後になって埋葬されてしまい　町中の人が残念がった
見ることのできる死人がいなくなってしまい　どうしたらよいか分からないのだった

二〇一二年十一月九日06：52
米ロサンゼルス、リンダ・アイスル、ニューポートビーチ96番地

馬思義

馬思義は西北の地下組織の一員だったが　後に造反派の指導者になった
彼はたった一人　呉忠計器工場の作業場の屋根で包囲された
敵対派は何日も彼を取り囲んだが　彼は頑として投降しなかった
彼の戦友たちは　夜を日についで銀川から彼の救出に駆けつけた
敵対派の射撃の腕は彼より劣っていた　だが彼にとっては銃で人を殺すのは耐えられないことだった
とうとう彼は頭を撃たれ　死体は街を引きずられた
人々は嬉しそうに空に向けて銃を放ち　彼の周りで喜び祝った
ある者は彼の腹を切り開いて中にレンガ片をいっぱいに詰めた
人々は死んだ犬を引きずるように彼を引きずって大通りを行進した
人々は文攻武衛を叫び　こちらに従う者は栄え　こちらにたてつく者は滅ぶと叫んだ
彼の頭髪は既に白くなり　既に彼の血でじっとり濡れていた

彼の腹の皮はめくれていた　彼の一物は全く小さいと言う者もいた
大通りでは　誰かが彼に対して唾を吐いた　誰かは子供をけしかけて小便をかけさせた
彼の死体は　プロレタリア文化大革命の戦利品と見なすべきだと言うことになる
馬思義の死体の行方はその後はっきりしない　誰もが疑いの目を向けられた
ある人は犬が食べたと言った　ある人は誰かに四肢をばらばらにされたと言った

二〇一二年十一月九日07：13
米ロサンゼルス、リンダ・アイスル、ニューポートビーチ96番地

死体一つ二元也

一九六七年八月三十日　掌政橋で造反派が他の造反派を待ち伏せ攻撃をした
武闘なのだった　皆は真剣・本物の槍でやりあったのだ
死んだ人間は皆西用水路に投げ込まれ　流れに浮かんで下っていった
女子たちの膣はどれにも長い棒が挿し込まれていた
ロバ車を駆る爺さんは　水中から死体を引き上げて銀川へ運んだ　彼には予想外の喜びだった
死体一つ二元也　一つを引き渡したらその手で金を受け取るのだった
ある女の死体は衣服が無くなっていたが　爺さんは自分が剝いだとは絶対に認めなかった
彼は言った　見てくれ　こいつは水に数日漬かって脹れてとっくに衣服をボロボロにしていたのさ
市中の人間は道端で待って　死体が一体一体運ばれて来るのを首を長くして見ていた
笑う者あり泣く者あり　数えて計算する者あり
彼らには　爺さんのロバ車が飛ぶように走って死体を早く運び終えることが必要だった

ある者は金を取り出しある者は金を受け取り　ある者は報復の戦闘準備をした
どの死体も細かく観察して一つ一つ識別したことを　私は自ら認める
主要な点は　男も女もほとんどは胸に銃口が当てられ或いは頭を貫通したということだ
爺さんがロバ車に腰掛けてこっそりほくそ笑むのにも　気付いた
そりゃもう喜んでと言っているように思えた　死体一つ二元也だった

二〇一二年十一月九日07：30
米ロサンゼルス、リンダ・アイスル、ニューポートビーチ96番地

掌政橋の戦い*

待ち伏せ攻撃者は　発砲のときに一言も発しなかった
聞けば彼らは野戦部隊帰りで　規律も保たれかつ冷静だった
彼らは各自一丁ずつを持って撃った　他の造反派を残らず撃ち殺そうとした
その一丁を確保して命を落とす　これこそが偉大な指導者を防衛する革命行動なのだった
造反派たちは突き進み黄継光*に倣って銃眼を塞ごうとした
皆は大声で毛主席万歳と叫び　後退しないことを誓った
女子たちは青竜刀を振り回し　甲高い声で叫び　一人また一人と倒れた
彼女たちはかつ泣きかつ叫んで　敵は絶対逃がすものかと言った
それは一九六七年八月三十日　だから秋のこと　コーリャンは赤くなったばかり
それは一九六七年八月三十日　だから秋のこと　銃声はとてもくっきり聞こえた
文化大革命の戦場では　誰も投降せず　だから偉大な革命なのだった
毛主席の戦士に裏切る者はいなかった　だから革命をとことん進めて行けたのだった

ある女子は　膣を突き刺されて大声で叫んだ　私はまだ男にやられたこともないよ
彼女は許しを求め　私をスパッと殺せ　きれいさっぱり消せと言った
田野の中　多くの人がその声を聞いたと言い　また多くの人が聞いていないと言った
その後　彼女は用水路の水に放り込まれ　流れを下って市中に入り　帰宅したのだった

二〇一二年十一月九日07：45
米ロサンゼルス、リンダ・アイスル、ニューポートビーチ96番地

原注

＊掌政橋の戦い　一九六七年八月三十日、寧夏回族自治区銀川の「総指揮部」派と「大連合設立事務所」派の両派の武闘が、銀川市の掌政橋人民公社で発生し、拡大した流血事件。

訳注

＊黄継光　一九三〇～一九五二。四川省中江県の生まれ。朝鮮戦争（抗米援朝戦争）中の一九五二年十月十九日、朝鮮上甘嶺地区の五九七、九高地で戦死。自分の肉体を犠牲にして敵の弾を防ぎ止め、後続部隊が五九七、九高地を攻略できるようにしたと言われる。

青銅峡の砲声

坑夫たちは頭が鈍ったのか　黄河のダムを爆破して銀川の造反派を水浸しにしようとした
彼らは砦を築き火薬を運んだ　これっぽっちも冗談ではなかった
毛主席に最も忠実なのだから　自分たちこそがプロレタリア文化大革命を統率しなければならないと言うのだった
彼らはきっと　北京の毛主席に自分たちの声を聴いてもらいたかったのだった
全市が恐慌に陥っているなかを解放軍六十二師団が大砲を引きずり出したが
坑夫たちは言った　我々は労働者階級だ　革命の前衛だ　誰も我々に敵対したりしない
彼らは解放軍からの投降勧告使者を追い返した　しかも顔に墨を塗りつけてだった
彼らは大砲の前で発砲した　それによってとことん戦う決心を示したのだった
信管に火が付いたときにはもう砲弾が彼らを空へ吹き飛ばしたのだった
彼らは泣き叫び走り回り逃げ惑い　死体が一面に残ったのだった
解放軍の砲火は激しくて正確で　ほとんど無駄がなかった

坑夫たちの死体は多数でひどい状態で　ほとんど即死状態だった
かなりの人数が　毛主席万歳と叫ばないうちに既に死んでいったのだった
かなりの人数が　まだ酒杯*を捧げ持っているうちに爆風で吹き飛ばされたのだった
硝煙が晴れ兵士たちが突撃し　投降すれば殺さないと大声で呼びかけることとなった
赤旗がひるがえり銃声が天をとどろかし黄河の水は逆巻いていた

二〇一二年十一月九日08：01
米ロサンゼルス、リンダ・アイスル、ニューポートビーチ96番地

訳注
*酒杯　必勝を祈願し、互いに誓い合うための酒杯。それを飲み干し、地に叩きつけて出陣する。それをまだ両手に捧げ持っているということ。ここでは比喩的表現。

銃強奪記

警戒守備区の銃保管庫が強奪に遭ったとき　兵士たちはほとんどが撤退していたのだった
他の造反派は訴えた　軍人たちは銃強奪者と暗黙の了解に達していたのだと
田舎の小都市は誰もが銃を所有することとなり　銃声は途絶えず　皆に度胸が据わった
皆は空へ向けて発砲し　人に向かって撃ち猫や犬にも放ち　そこは激戦の戦場だった
そこで　しょっちゅう誰かが深夜に警戒守備区の銃保管庫を開けて弾薬を運び出した
自分が撃ちまくるためだった　目的は使用済みの弾丸　薬莢の銅を廃品回収所に売った
私が好きだったのは　射撃練習をする人たちについて行って弾頭の部分を集めることだった
後で焼いてアルミニウムを取り出せばいい値段で売ることができた
私は銃声に慣れてしまい　まばたきなどあり得ず　音で銃の型を判断することもできた
文革よ有難う　少年は銃声が何度も繰り返され　激烈な戦闘の発生する中で成長したのだった
ところが　あるときある人が　夢中になりすぎて私の仲間の腿を撃ってしまった
彼は座り込んで泣き叫び　どうして僕のことをきちんと扱わないんだと言った

皆はあたふた慌てて混乱は収まらず　よけいに大騒ぎとなった
そのとき　撃った方の彼は自分の脚を両手で抱えて目を大きく見開いていた
それ以来　私は銃を持ったら細心の注意をはらった　決して自分に向けることはなかった
また　人の銃が自分の目に向けられるのは絶対に許さなかった　それも当然のことだった

二〇一二年十一月九日08：23
米ロサンゼルス、リンダ・アイスル、ニューポートビーチ96番地

陳学儒

陳学儒はある造反派のリーダーだった　大変威勢がよかった
彼は元トラック運転手　一気に天まで登ってしまったということになる
彼はピストルを腰に帯び　千軍万馬に号令を出した
彼の武装パトロール隊は田舎町の治安にも責任を負っていた
彼の部下が解放軍と衝突し　彼は兵士一人を捕えて捕虜にし
屋上に機関銃を据えて戦闘の準備をするよう　命令を下した
ある日彼は敵対者の不意打ちに遭い　部屋に追い詰められて撃ち合いになった
彼は腹の皮をぐいと引っぱり　ピストルで撃って死んだふりをして　後に病院に送り込まれた
今思えばこれは九死に一生を得る妙手であり　見事な前例に数えられるべきだろう
歴史或いは革命にはすべて英雄が必要であり　無頼も必要だ
革命委員会が成立し彼が副主任となったのは　ここから功成り名を遂げたということらしかった

だが　後に刑罰を科せられ入獄した　それは彼が武闘を組織して人を殺したという理由だった
走資派の亡霊は消えておらず　それが革命委員会へつながっていて　機会に乗じて復讐したの
　だと言う人もいた
もちろん私もそれを信じる　というのもあらゆる造反派が後で罪を問われたからだ
私はいつも街に立ち　隊伍を率い銃を撃ち鳴らして出かける陳学儒を　見ていたのだった
後に　陳学儒ががんじがらめに縛られ　見せしめに街を引き回されるのも見た

二〇一二年十一月九日08：41
米ロサンゼルス、リンダ・アイスル、ニューポートビーチ96番地

劉青山

これも　劉青山と呼ばれた実在の人物で　造反派の梟雄だった
彼は武闘もたくさん指揮し　人間もたくさん殺してきた
彼は軍人をも恐れさせ引き下がらせ　相手方の心胆を寒からしめた
その上　年は若く鼻っ柱が強く　腰に二丁のモーゼル銃を挟んでどこへでも行った
女好きで　市中に醜聞が満ち満ちても一向に意に介さなかった
女房は至るところで大騒ぎしたが　何故だか彼は彼女を銃殺へと引っぱり出さなかった
母親たちは彼を好んだ　一説には　劉青山が来ると忽ち子供が泣き騒ぐのを止めたからだった
女子たちは彼が好きだった　彼の女になれば市中を威張って歩くことができたからだった
あるとき　千を越える人間が彼を包囲攻撃したが　彼は屋根に立ち銃を高く掲げて反撃した
銃の腕は確かで　やり方はずる賢く　やすやすと相手方の大将を撃ち殺して勝利を得た
だが後になって　彼も他と同様に逮捕され刑罰を科せられて監獄で病死したらしい
ある人の言うには　実は余りに多くの女性と遊んだために性病に罹っていたのだった

彼が捕えられてから誰も彼の名を口にする者はいなかった
というのも　牢から出たら必ず何人かを殺して恨みを晴らしてやると言っていたからだ
だが彼を好漢だと言う人もいた　何故なら彼の造反は断固として私心のない恐れを知らないものだったからだと
彼だけがプロレタリア文化大革命をとことんやり抜くことができたからだと

二〇一二年十一月九日08：55
米ロサンゼルス、リンダ・アイスル、ニューポートビーチ96番地

殺人犯のその後

その後は清算の時代だった　多くの殺人事件は誰かが罪を負わなければならなかった
誰が誰を殺し　誰が誰に殺されたか　負債があるなら全て決着を付けるべきだった
例えば　級友を殺したその級友は死刑の判決を受け　それは即刻執行された
だが実際のところ　彼らは憎悪し合ったわけではなく　毛主席に忠誠を示しただけだった
それは人と人の闘争の場であり　それは人の目を血走らせる時代だった
その殺人犯は　級友を暗い教室に監禁してさんざん殴って　教え諭したのだった
死刑判決を受けた者は　級友を腹這いにさせ　何本もの棍棒に耐えることを強いたのだった
自分の観点の放棄に同意することだけが　殴ることの中止と命乞いとを可能にしたのだった
殴られる人間は大声で叫んだ　毛主席に万歳を捧げますと　保守派を打倒せよと
口が鮮血を吐き意識が朦朧としてもまだ言った　毛主席の戦士は断固として投降しなかった
人々が　殴られた人間を病院に運んだとき　その腎臓二つは既に駄目になっていた
その上　彼は排尿かなわず　家族が懸命になって北京へ送って診てもらおうとしたが

とうとう彼は汽車の中で死んだ　何しろ汽車はのろかったし遅延しがちだった
その年　彼は二十歳　依然として赤い腕章を巻き毛主席バッジを付けていた
その後　殺人犯も死んだが　それも二十一歳になったばかり　それでも死の運命から逃れられなかった
聞けば　彼が銃殺された後　収容された死体が医科大学へ運ばれて解剖されるのを家族は拒んだという

二〇一二年十一月九日09：08
米ロサンゼルス、リンダ・アイスル、ニューポートビーチ96番地

軍代表

革命に力を入れ生産を促す時代が到来したとき　私たちは授業にもどって革命をやった
軍代表も学校へやって来て私たちに批林批孔*を指導した
邱仲芬は　将校の女房だということで威光は充分だった
私たちは　中隊小隊に編成されて軍隊式の管理を受けた
彼女は　背が低かったので教師たちは頭を下げ腰を屈めなければならなかった
彼女は　好きなときに教師の誰かの農場下放を決定することができた
彼女は　その出身家庭によって学生に対する好悪を決めた
彼女は　私を見るや一顧の値打ちもないというようにそっぽを向いた
彼女に好まれた男子は　たいてい彼女によって兵役に送られた
折よく見込まれなかった私は　今日フォーブスランキング入りの富豪となったのだった
私たちの授業は主にマルクス・レーニン主義と毛沢東思想の様々な敵に対する批判だった
社会主義の草の必要と資本主義の苗の不要を知らなければならなかった

およそ敵が擁護するものは全て反対しなければならなかった
私の中学時代は軍代表の指導のもとに一日一日が過ぎていった
現在の私は当時と同じように邱仲芬のことをチビ邱と呼んでいる
彼女のことを想うと呪詛にしかならない　勿論あの時代のことも呪詛している

二〇一二年十一月九日09：37
米ロサンゼルス、リンダ・アイスル、ニューポートビーチ96番地

訳注
＊批林批孔　「林」は林彪、「孔」は孔子のこと。林彪批判、孔子批判の意。毛沢東の批准によって始まった運動（一九七四年）。林彪はすでに、自ら企てたクーデターが未遂に終わり、飛行機で逃亡中にモンゴルで墜落して死亡していた（一九七一年）が、毛沢東の妻の江青を始めとする張春橋・姚文元・王洪文の四人組が、事態の収拾を図ろうとする古参幹部の復活に危機感を抱き、林彪を「尊孔反法（法家）」の徒だと批判しつつ、周恩来（や鄧小平）を現代の孔子だとして批判しようとした。

「工宣隊」

労働者階級が全てを指導しなければならない　というのがあの時代のスローガンだった
それで　工宣隊が我が校のあらゆるところを指導していた
隊長は典型的な好色漢で　ズボンの股の合わせ目が高々と突っ張っていた
今思えば　彼もつまりは一労働者　二十歳そこそこであるに過ぎなかった
彼は表面を取り繕って女子生徒に会い　打ち解けて親しく語り合うのだった
男子生徒は彼の下半身のことを盗み笑いすること頻りだった
彼は私にいい顔をしたことがなかった　いつも一悶着起こしていたからだ
彼は言った　おまえは反革命子女だから必ず真面目に罪を認めなければならないと
推測するに　何度か私を殴ろうとしたが終には我慢したのだった
私がもう既に怒りの目でグイと睨みつけ　雌雄を決しようと身構えていたからだった
私は　トルストイが誰なのかプーシキンが誰なのか　彼が知らないのを軽蔑した
私は舌鋒を鋭くして　彼が終に恥ずかしさのあまり怒り出すまで論争した

私の除籍を決定しようとするとき　彼は考えを翻してしまった
何故かと言うと　彼が女子生徒にラブレターを強引に渡したのを私が知っていたからだ
私が労働者階級を恨むことなどあり得ない　あの出鱈目な時代を恨むのだ
いずれにしろ　誰かが私たちの若さと青春を占領しようとしたのだった

二〇一二年十一月九日09：48
米ロサンゼルス、リンダ・アイスル、ニューポートビーチ96番地

私は武器密造犯

後になって　自分で銃を造りあちこちで狩猟することを覚えたが
実を言えば　これまで一羽のスズメも射止めたことはない
本を読む習慣はなかったし　造反すればすぐに一悶着を引き起こしたから
銃で学校のガラスを上手く撃ち砕けるようになっていた
あるときは　試し撃ちに熱中し過ぎて自転車のタイヤを撃ち抜いてしまった
派出所の公安が学校の教室にやって来て捕えられ連行された
公安は　私が人も殺していないし金も奪っていないことを確信して学校に帰した
工宣隊・軍代表チビ邱は　私を除籍するとの決定をした
彼らは毎日集会を開き　教師生徒を組織して批判した
文革だったから私は恥知らずでも構わなかった　尊厳などどうでもよかった
ところが最終的には　私を学校に残して細かく観察することが決まっただけだった
思うに　私が無鉄砲に面倒を引き起こすのを恐れたのだろう

だが私は　白い腕章を付けトイレ掃除をして過ちを悔いる態度を示すのは拒絶した
チビ邱は　個人情報記録簿は必ずどこまでもおまえに付けて回らせると言った
大学入学でそれを持参して報告するとき　私は観察報告書をこっそり破り開けてやった
それは捺印された一枚の紙に過ぎなかった　私はそれを引き裂いて後始末とした

二〇一二年十一月九日10：00
米ロサンゼルス、リンダ・アイスル、ニューポートビーチ96番地

戸籍調査

あの時代の公安の権力はとても大きく　思いのままに家に立ち入り検査をした
真夜中になるのが常で　ドアを押し開けてズカズカ入って来て戸籍簿を差し出させた
私は反革命の子女であり　悶着を引き起こすし　きっと重点的な対象だったに違いない
公安はしょっちゅう私をオンドルから引っ張り出し　その日の儀式を続けさせた
ある日　堪忍袋の緒が切れ　公安の子供を引っ張り出してビンタを喰らわせてしまった
それ以来　彼は夜な夜な検査に入り　しかも近隣には私に犯罪の疑いがあると言いふらした
昼間　私は街で彼を怒りの目で睨みつけて汚い言葉を口にした
彼は私が息子の頭をボコボコに殴るのではないかと恐れ　顔を曇らせて冷ややかに笑った
彼は学校へ行って　あいつには不行跡がありゴロツキだと故意に言いふらした
すっかり校内のスキャンダルになり　女子生徒はみんな私から遠ざかっていった
彼は言った　私が彼を付け狙い女子トイレによじ登りコソコソ盗みを働くと
彼は言った　私の家の壁にはアシマ*の猥褻胸像画が貼ってあると

私は紅小兵だったことがあり　とうの昔から野放図そのもの　恐れるものは何もなかった
例えば　大声で騒ぎ立てることができた　誰が誰を恐れるというのか　私は手に負えない生き
　物に過ぎなかった
彼は大変勤勉なことに　ほどなくしてまた夜回りにやって来て私の戸籍を調べようとした
彼がドアを押したそのとき　オマルの糞が天から降って彼の頭上を覆ったのだった

二〇一二年十一月九日10：13

米ロサンゼルス、リンダ・アイスル、ニューポートビーチ96番地

訳注

＊アシマ　「阿詩瑪」。雲南地方で民間に伝わる長編叙事詩のヒロイン。

本泥棒

それは文革なのだった　だから一切が封建主義・資本主義・修正主義の毒草ということになった
人々は無標題音楽を批判し　シェークスピアを批判したが
私は泥棒になった　何故かと言えば　図書館のドアの錠をこじ開けてしまったからだ
それ以後　私は小都市で有名になってしまった　私のことを知らない者はいなかった
私が　こっそり差し出して交換できるような名著を持っていたからだった
私は本泥棒だったけれども　自分の世界を持つに至った
〈虻〉*のために夜通し涙を流し　モンテ・クリスト伯のために気をもむことができた
マーク・トゥエインに夢中になり　『猟人日記』を暗誦することができた
深夜に静かに想いを巡らすことができた　無茶苦茶な無鉄砲の後で
自分は詩人になってやろうと　穏やかな夢を見ることができた
あの時代の　あの図書館の文化宝庫よ　有難う

あれが私を人間へと導き　私に尊厳への衝動を湧き起こさせたのだった
一篇の詩を書き上げてから　同級生の鼻を打ち砕きに行くことができた
『紅楼夢』を読み終えてから　インクを同級生の背中に注ぎ込みに行くことができた
今は言える　その時代に本泥棒となったのは　弊害よりも利の方が大きかったのだと
つまり　あの馬鹿げた時代に如何にして自分は救われたのか　分かったのだった

二〇一二年十一月九日10：25
米ロサンゼルス、リンダ・アイスル、ニューポートビーチ96番地

訳注

＊〈虻〉　イギリスの女性作家エセル・リリアン・ヴォイニッチ（一八六四～一九六〇）の小説『虻《アブ》』の主人公。〈虻〉は新聞記者である彼が文章を書く時の筆名で、彼は皆から〈虻〉と呼ばれた。

敵のラジオ放送をこっそり聴いた人

敵のラジオ放送をこっそり聴いた人というのは　実は私の母なのだった
彼女はいつも夜中になると起き上がって座り　鉱石ラジオを耳にくっ付けた
台湾放送局のスパイのコールサインが間断なく聞こえ
さらにソ修*の強大な放送局からも音が伝わってきた
母が何を聴いていたのか　何を思っていたのか　分からなかった
彼女は　昼の間は土を運びそれを金に換えるだけ　小都市をひっそり通り過ぎていた
あの時代の敵の放送は　革命の放送局よりもくっきり聞こえたらしい
母は聴き終えても表情は一貫して全然変わらなかった
しかし私は　公安がドアを押し開けて母を連行してゆく夢にしょっちゅう魘《うな》された
また　近隣から密かに通報され　母が市中引き回しに連れ去られるのではと恐れた
ある日　実際に近所の一人が別の一人を告発した
公安がその家を捜索し　職場もその彼を何一つ持たせずに追放した

彼の娘は私の同級生だったがこのことが原因で退学させられた
彼ら一家は山間地区へ去ったがその後の音信は途絶えた
母はやっぱり夜中になると起き上がったが　壁に寄りかかってぼんやりするだけだった
このとき以来　彼女が鉱石ラジオのスイッチを入れるのを　もう見ることはなかった

二〇一二年十一月九日10：14
米ロサンゼルス、リンダ・アイスル、ニューポートビーチ96番地

訳注
＊ソ修　「ソ連修正主義」の略。中ソ対立の中で、中国の側がソ連を批判した呼び方。

無標題音楽批判

文工団*のバイオリン奏者だった陳健は　私と辛飛が叩きのめしてやろうとした相手だった
彼の女房の于芳と私の中学同級生の渠愛玲が　舞台に出る出ないで仲違いして対立したからだった
陳健がバイオリンを手に一曲奏でれば　聴いた私たちは涙が出そうだった
彼は言った　知っているか　これがサン・サーンスの「白鳥の死」だ
彼は言った　でも誰にも言うなよ　僕は無標題音楽を弾いているんだから
折しも北京では　ブルジョワ文化だとして批判を呼びかけていたのだった
皆が　革命模範劇を歌い毛主席語録を暗誦し　「忠字舞」を踊らなくてはならなかった
バイオリンなら「北京から辺境に吉報が来た」と「競馬」だけが弾けた
私は　ベートーベンを知ってからは　「運命交響曲」を聴きたいといつも思っていた
そのために　図書館の窓を叩き壊しレコードを探し出そうとした
カーテンをぴったり引きドアをきっちり閉め　私たちは枕元で無標題音楽を聴いたのだった

美しいと言うほどでも感動したと言うほどでもなかったが　皆が　行ける　面白いと言った
後に陳健を見かけなくなった　武闘或いは糾弾に忙しかったのか　それは分からない
金持ちになって　私は古典音楽を聴くだけの為に二メートルのスピーカーを家に据えた
飛行機に乗れば　ＭＰ３プレイヤーは決まって私を「白鳥の死」のときにもどし　目を潤ませる
文化大革命に感謝だ　糾弾があったおかげで私たちは却って何が大切なのかを知ったのだった

二〇一二年十一月十七日10：11
米ロサンゼルス、リンダ・アイスル、ニューポートビーチ96番地

訳注
＊文工団　「文化宣伝工作団」の略。

『紅色娘子軍』

バレエ劇『紅色娘子軍』は革命模範劇の一つ　江青によってもたらされた
彼女は毛主席の女房だったから　全国の人民を教化しようとしたのだった
娘子軍はバレエダンサーが演じた　だからあらゆる男を魅了したのだった
造反派の頭目が　嫉妬心を押さえ切れず　銃を取り出し呉青霞*の腿を撃ち折ったことがあった
娘子軍はスタイルがよく　それで皆が革命に夢中になったのだった
考えてみよう　文革中国の女は男と比べても何ものにも束縛されない自由さがあり
だから　全中国のどの男にも　夢の恋人として呉青霞がいたのだった
だから　全中国のどの女にも　ヒーローとして楊子栄*がいたのだった
革命をする者は　男は気高く女は勇姿颯爽　人ごとにそれを誉め讃えた
もちろん私もやっぱり　それに負けず劣らず紅色娘子軍の美貌に惹き付けられ魅惑された
全中国が何年もの間　八つの革命模範劇を見たけれども誰も嫌にならなかった
私たちは主にそこから革命の道理を理解した　そこに革命の手本があった

江青が自殺した後も　私は依然として『龍江頌*』の一節を口ずさむことができた
それは　革命の遺伝子によって早くから私の生命内に組み込まれていたからだと思う
今も　いつでも我知らず「北京の霊峰で明るい光が四方を照らす*」と歌い出せるのだ
思うに　かつて紅衛兵だった私だから　もう一生握り拳のゆるめようがないのだ

二〇一二年十一月九日11：02
米ロサンゼルス、リンダ・アイスル、ニューポートビーチ96番地

訳注
＊呉青霞　革命現代京劇『紅色娘子軍』の主人公。娘子軍中隊の戦士。後に中隊の党代表を洪常青（男）から引き継ぐ。一九七四年出版の『革命模範劇脚本集』（人民文学出版社）には呉清華とある。
＊楊子栄　革命現代京劇『智取威虎山』の主人公。『智取威虎山』は、曲波の小説『林海雪原』に取材し、『林海雪原』は実在の人物楊子栄（一九一七～一九四七。山東の人。八路軍に参加）を主人公にしている。
＊『龍江頌』　革命現代京劇の一つ。
＊「北京の霊峰で明るい光が四方を照らす」　チベット族の民謡をもとに作られた歌「北京の霊峰で」の歌い出し。「毛主席こそがその金色の太陽」と続く。

不気味な教会堂

教会堂の地下室に死児がたくさん隠されているなどと　誰が分かるだろう
小都市の人たちは紅衛兵を群がり取り巻いて　そこへ入り込んであちこちを捜し回った
修道女たちは見目麗しくはなかったが落ち着いていて　ひたすらキリストに祈っていた
十字架の上で一人の男が頭を垂れ血を滴らせて　悲しげに人々を見ていた
紅衛兵は長椅子を叩き壊し聖書を焼き　辺りにもうもうたる煙が上がった
赤ん坊の泣き声が聞こえたからぞっとして鳥肌が立ったと　誰かが言った
主教はあれは雨風の音だと釈明したが　本当は彼の心が泣いていたのだった
皆は好きなように壊し好きなように焼き好きなように殺せた　主は全ての人を愛した
私は何も見つけ出せず　つまらなく感じ　尻拭いにしようと聖書を一冊持ち帰った
ところが夜になり　道に迷ったことを隠す羽目になる物語――「砂漠の蛇」を読む結果になったのだった
私はキリスト教徒になった訳ではないが　今も相変わらず気が咎めている

私は聖書を盗み出し教会を叩き壊した　それがあるから天国へは行けないかも知れない
金持ちになって帰郷したとき　その教会の為に何かしようと思った
魂の救済というほどではない　ただ神に幾らか好感を持ってもらいたいと思っただけだ
しかし　小都市の大通りに高層ビルは林立していても　教会堂は跡形もなかった
ある人は　君のような不動産屋が取り壊し別の建物を新しく建てて大儲けをした　と言った
思うに　もしかしたら神は悲しくて　ちょうどそのとき引っ越したかったのかも知れない

二〇一二年十一月十九日17：56　北京崑崙ホテル渓流釣堀浅草ホール

『刺繍布靴*』

我が小都市は中国西部にあったから　冬はひどく寒くひどく荒涼としていた
それでも私たちは　門から続く屋根付き通路にひしめいて『刺繍布靴』の語りを聴いた
それは　人と人とが闘争する時代にあって　言葉にするに足る数少ない温もりだった
幸運にも物語を聴くことができ　それが私たちに暮らしの苦しさを充分に紛らわせてくれた
老兪年は私の高一のクラスメートで　語りに天賦の才があった
私たちは毎晩　身の毛のよだつ思いでオンドルに横になり話の筋をもう一度想い返した
バスの中の死人のことが語られると　私はなかなかバスに乗れなくなった
刺繍布靴の出現の場面が語られると　私たちは互いに寄り合って一つに固まった
彼はまたカルメンを語ることもできた　私は落涙しては様々に想像しながら聴いた
夜の私たちはもう紅小兵ではなく　夢想する少年に過ぎなかった
刺繍布靴の行方は　最後まで聴き終えても　ずっと理解できないのだった
それは　私が成長するにつれて時代の記念となっていった

後になり　カルメンがジプシーの女だということを知った
美しく奔放で蓮っ葉で出鱈目で　金持ちと上流階級の人間だけが好きな女
昼には革命模範劇　夜には『刺繡布靴』　私たちの生活はそれぞれかけ離れた両端にあった
それは一つの時代なのであり一つの生活なのであり一つの懐かしさなのだった

二〇一二年十一月九日13：15
米ロサンゼルス、リンダ・アイスル、ニューポートビーチ96番地

訳注
＊『刺繡布靴』　張宝瑞（一九五二～）の小説。文革時、書き写されて流布した詩歌、小説は多いが、これはその代表的作品の一つ。『梅花党』という題名で呼ばれたこともあった。

鶏の生き血を打つ

劉小保の父は　鶏の血を打った後は精神が奮い立つのだった
雄鶏は強壮だからと彼は言った　交配したことのないのが童貞鶏なのだと言った
隣人たちはそれを聞いて家に帰り　金を出し合い山村農村に行って雄鶏を買い集めた
町中の男が　鶏のように首をピンと伸ばして通りを出勤した
病院の入口には人と鶏が長蛇の列を成した
医師たちは鶏の血を抜き取り　こんどは人の血管に注入するのに忙しかった
それが原因で男が死んだかどうかは知らない　どっちにしてもそれが当時の流行りだった
貪欲な時代　皆はどっちにしても他にできることがなかった
ある人は言った　鶏の血を打ったら軽やかさ百倍　飛ぶように歩ける
ある人は言った　それからは目はすっきり　心は晴れやかに　白い髪に艶やかな紅顔だ
ある人は言った　これで丸々した息子を授かり　来世で難儀することもない
ある人は言った　これのおかげで武闘にも死ななかった　弾をかわしたのだ

劉小保の兄は　鶏の血を打たなかったが少しばかり精神が不安定だった
主に雄鶏が時を告げるのを怖がり　雄鶏が糠や菜っ葉を突くのを怖がった
それで　時勢を知らない変人とされ　町中の人から議論の対象にされた
皆は言った　見ろ　あいつは大学入学が台無しだ　馬鹿になってしまったよ

二〇一二年十一月九日13：47
米ロサンゼルス、リンダ・アイスル、ニューポートビーチ96番地

紅茶キノコ

紅茶キノコは発酵した茶葉のことで　町中の人がその一杯を手にした
革命する者の趣向と興味は　もともと区別や差異があってはならなかった
革命委員会が壇上の講話で飲むのは紅茶キノコ　話はプロレタリア階級独裁についてだった
革命大衆は壇の下で瓶詰めビンのコップを両手で持って　建て前の理屈を思い巡らした
女子は　カラーのビニール糸で編んだ保温カバーを付けているのが常だった
温かいし火傷もしない　朝から晩まで紅茶キノコを飲んでいられた
紅茶菌はいよいよ寿命を延ばし　精力増強完全無欠　市民の皆がそれを信じた
革命の時代の習慣はいとも簡単に統一されたが　それは本当に奇跡だった
彼は　革命委員会主任の家庭に出入りし　そして走資派と付き合い　こっそり味見をした
だが実際は　一夜越しの磚茶を陽の下に置いて腐らせただけだった
誰かが下痢をしたら　それは毒を流す最良の効果だと彼は言ったのだった
彼のキノコ茶は　珍しい物ほど貴重だという訳で　門前市を成す有様となった

彼はどんどん地位を上げて　最後には革命委員会の一員となった
ところが　彼は結局　細菌性下痢で入院して点滴を打たざるを得なくなり
ベッドが人で埋め尽くされ　誰も彼も抗生物質が必要になっているのを目にしたのだった

二〇一二年十一月九日19：55
米ロサンゼルス、リンダ・アイスル、ニューポートビーチ96番地

通報者

毛主席が世を去ったとき　全国人民はひどく悲しみ　私も悲しみのあまり死を願ったのだった
ところが　李先生の娘は例の如くカーテンを閉め　家の中でバイオリンの練習をしていた
彼女が弾いていたのはパガニーニ　非常に感傷的で非常に抒情的で非常に感動的だった
馬先生は悲憤することこの上なく　その反動的振る舞いを革命委員会へ通報した
公安は女の子を捕まえて　どのような刑罰を科すべきか分からなかった
というのも　李先生の娘は領袖に対する哀悼の気持ちだと言ったからだった
だが　李先生は文革中に一家が没落し家族が亡くなったということを　誰もが知っていた
彼らはこれまでに毛主席万歳万々歳と叫んだことがない
そのうえ李先生は　これは封建帝王の用いた手口だ　新社会新時代であるからには
封建的迷信を行うようなことがあってはならない　とまで言った
そういうわけで　周囲の隣人たちは自ら進んで監視者となり
どんなときも　李先生の一挙手一投足をとりまとめて組織に報告していた

李先生も　隣家が扇情的な歌「信天游」*を口ずさんだのを通報できた
皆は互いに用心し合った　誰もが他人の地獄だった
私も　同級生の渠愛玲はブルジョワ思想を持っていると通報したことがあった
通報は民族の生存と安全のギリギリの条件であり　民族の特性なのだった

二〇一二年十一月九日20：14
米ロサンゼルス、リンダ・アイスル、ニューポートビーチ96番地

訳注
*「信天游」　民謡の一種。陝西省北部の「山歌」の総称。「順天游」とも言われる。

Ⅲ　文革記憶付録

——ちょうど同窓だった少年少女たち

辛飛のボーリング球

辛飛の頭はとうに胡麻塩　だから少しばかり世の中が移り変わったということだ

彼はボーリング球を持っていたが　大きく重い代物で　腕前は正確で思い切りがよかった

当時　私たちは年少だったので武闘に間に合わず　残念に思っていた

造反派の兄さん姉さんが　威風堂々と銃を手にしているのが羨ましかった

連れだって護送車に付いて走り　刑場で好位置を得ようと他と先を争った

だが細心の注意をはらい　脳みそが身に降りかからないよう距離を保った

彼は常に参考消息*を持っていた　それで私は心から彼の弟になりたいと思った

彼は私にヘーゲルについて解説し　壁に向かってナポリ民謡「オー・ソレ・ミオ」を歌った

ソ連修正主義との戦いに　戦闘機の火炎放射器装備を提案した

彼は私の作った銃を横取りした　それでいて私といっしょに防空壕を掘ったりした

私たちは共に工農兵大学生*となり　彼は上海師範大学へ　私は北京大学へ入学した

私たちは共に失われた世代と呼ばれ　後輩たちからは横目でチラッと見られた

卒業して彼は寧夏へ帰り　ラジオ・テレビガイドを発行し
文章も書き挿絵も描き　駆け回り売り込み　あらゆる所から広告を取ったが
いま　新指導部が彼を歓迎しなくなったのは　彼がもう年なのを　日頃認めないからだと思う
私は思う　ポスト文革時代　私たちは局外者もしくは傍観者になるべきなのだ
彼は頭を横に振って言う　あの時代のことを想うと本当に痛快な気分になるよ

二〇一二年十一月十二日11：12
米ロサンゼルス、サンマリノ、ウェイブリー・ロード１４１６

訳注
＊参考消息　国外のニュースなどを、内部向けの資料として編集した印刷物。一九八五年以降は公開となる。
＊工農兵大学生　一九七二年〜一九七六年、労働者、農民、兵士の中から推薦で選抜された大学生。その後は入試による選抜が行われた。

老愈年のカルメン

十歳のころ　老愈年一人が毎日私たちにカルメンを語ってくれた
そんなとき　私たち全員がそのジプシーの女に心の底まで魅了された
彼はまるでカルメンの弟　彼が語れば場面がありありと浮かび　目に見えるほどだった
彼は終にカルメンの死を語らなかったことを覚えている　物語はずっと途切れなかった
文革中　私たちは別々の地区のグループに分かれていたが　ずっと喧嘩はしなかった
思うに　カルメンのおかげで　皆は彼のことは特別枠に入れて兄弟扱いをしたのだった
彼の長兄は武闘中に無残にも怪我を負わされ　北京へ向かう列車の中で死んだ
後に犯人は死刑の判決を下され　どうにか血の負債は血によって償われたのだった
だが　私は自分たちが惨めだったと思い続けている　時代の無益な争いの犠牲となったのだ
私たちは皆お人好しだった　皆無辜の人間だった　皆哀れな人間だった
彼は運がよくて「挿隊*」しなかった　だがそのせいで無為に過ごすことになった
一方で彼はいよいよ喋らなくなった　生活上のプレッシャーが大きすぎたのだと思う

ずっと後のこと　北京に来て私の所で出稼ぎをしたが許可なく違法家屋を建ててしまった
現在はやむなく養鶏をして　折しも食品安全問題を解決しているところだ
だが　私は彼の語ったカルメンを覚えている　彼が母の埋葬を手伝ってくれたのを覚えている
彼は現在　故里を守りながら次第に老いている
彼にはもう一度私の会社に来て働いてもらわなければならないと思っている

二〇一二年十一月十二日06：32
米ロサンゼルス、サンマリノ、ウェイブリー・ロード１４１６

訳注
＊「挿隊」　文革期、都市の知識青年が、人民公社の基本単位である生産隊に入って労働した。「挿」は「加わる」、「隊」は「生産隊」の意。

李兵を見かけなくなった

李兵のことをロバ君と呼んでいた　彼が性欲旺盛だったからだ
彼の多くの性遍歴を知り　羨ましくて仕方なかった
小さい頃の彼は喧嘩はしなかったようだ　だが悪事にはどれも絡んでいたらしい
私の覚えている彼は　紅小兵として特別に弁が立ち　小躍りして喜びを表現した
やっかみから　彼がいろいろな娘をベッドに連れ込んでも　知らんふりをした
彼の以前の女友達が産み月になると　あの子供は百パーセント彼に似ると　皆が皆言った
生産隊に入っても　真面目に働いて労働点数を稼ぐと同時に　愛の体験を持つことは続いた
彼は　父親と入れ替わることで仕事を得ても　主な仕事は女の所に入り浸ることだったようだ
彼の好い点は　恋物語が生まれるたびにこと細かに全部私に漏らすところだった
私の好い点は　真面目な顔になり立派な言葉で　悪を去り善に従うよう勧めるところだった
彼は大学に上がらなかったから　ずっと銀川で過ごして幾つも物語を生み出した
私が帰郷したとき　彼は酒を飲み終えるや気の狂ったロバのように　いきなり私を抱きしめた

後のこと　彼の女房がピアノを教え彼が集金係となって家庭生活を送っていた
私たちは再び集ったが　彼は始終とても緊張していて帰宅が遅くなるのを恐れていた
彼の女房は　きっと私が亭主に色事の道を教え込んだと考えたのではないかと思う
思うに　彼はきっと女房の前で　私の男と女のロマンスのあれこれを描写したに違いない
残念だが証拠は求めようがない　同級生の皆が李兵を見かけなくなったと言うのだから

二〇一二年十一月十二日06：51
米ロサンゼルス、サンマリノ、ウェイブリー・ロード1416

指導者となった張林

現在の私は金持ちになった紅小兵　張林は自治区の指導者
あの年月　私たちは　いっしょに行進し最高指示を恭しく受け取りそうして黒板報を書いた
彼はずっと喧嘩はしなかったようだが　私が通りで悪さをして自転車の人を驚かせて倒したこ
　とは覚えていた
それは誰が悪い誰が好いと言えるほどでもない暮らしだった
張林が武闘に加わらなかったのは　彼が読書に夢中だったからだが
もしかしたら　マルクス・レーニン主義を別の角度から読み取っていたのかも知れない
張林が壁新聞を書かなかったのは　彼がそれらを見向きもしなかったからだが
私同様毛筆が全然だめだったのかと　今想い返している
生産隊にいたとき彼は人民公社の文工団の団長だった　団には美女が雲のようにいて
あるときは　口実を設けて彼に会いに出かけ　その機に演目のリハーサルを見たりした
私たちは銀川ホテルで「社会主義は到る所で勝利前進している」という展示を行い

彼は『反デューリング論』を解説してくれたが　私は全く分からず　恥ずかしさの余り怒り出した
張林はにっこり笑い私を指さして言った　君は賢いのだからどんどん本や新聞を読めよ
彼に指導者の風格があると思ったのはそのときだった　現在その地位はやはりとても高い
親友との昔話になれば彼はいつも私と面会し　自家製のワインを勧めるはずだ
彼はビンのラベルの上で微笑んでいる　あの時代の彼の姿そのままだと思う
日々は過ぎ去った　私たちはとても幸運だった　時代に流され淘汰されることがなかった

二〇一二年十一月十六日05：30　北京長河湾

魏星の姉さん

魏星は私の小さい頃の仲間で　私たちは非常に仲が良かった
鶏を盗むときは彼が鶏小屋にもぐり込み　私が見張り役を引き受けた
彼の家の庭には鶏がたくさんいて　勿論　いつ始めるかは彼が決めた
私たちはいっしょに紅小兵をしていて　二人ともパチンコを持ち軍装用ベルトを締めていた
あるときは　二人して男の子の頭を殴って血を流すほどの傷を負わせ
その子の母方の造反派の伯父が　仕返しに私たちを生き埋めにしようとした
あるときは　私たちは軍代表の女房チビ邱の離間策に引っかかってしまった
チビ邱は　魏星が体育室のバレーボールを盗んだと告発したのは私だと言ったのだった
魏星の姉さんは私を軽蔑し　私を見ても見えない振りをしたが
何度も食事を作ってくれ　たっぷり遠慮なく食べられるようにしてくれた
生産隊に入った後　私たちは再び会うことはなく互いの顔も忘れてしまった
彼はずっと郷里で仕事をし水利局の指導者となっていた

再会したとき　彼は酒を何杯も飲みひっきりなしにタバコを吸った
顔色は浅黒く歯はヤニで染まっていたが　やはり温厚で生真面目な顔をしていた
私は思い出した　実際　彼は一貫していて　あれこれ思い悩む私のようではなかったのだ
彼の姉さんが私のことを見間違えるという可能性は極めて低いだろう
あの時代にあって　私たちの誰もが私たちではなかった　私はまるっきり私ではなかったけれども

二〇一二年十一月十二日07：07
米ロサンゼルス、サンマリノ、ウェイブリー・ロード1416

何麗麗の兄

何麗麗は私の心に深く残る痛みだ　私たちはいっしょに遊んだ仲良しだった
むろん　今こんな風に言うのも　彼女が既にお婆さんになり自分一人で暮らしているからだ
授業を再開して革命をやる時期　私たちは中一で同じ机　私はナイフでその机に三八度線を引き
試験のときは　彼女が私の試験問題を書きとったり　私の答案を見たりするのを許した
私はクラスから糾弾されたが　彼女は立ち上がり私の無実を訴えた彼女は弱き者の味方になれるのだった
ある朝　彼女が教室に入ったとき　クラス中の男子がピタッと静まり　視線が彼女に注がれた
そのとき　彼女のことを私の区桃*だと思ったが　それが恋愛だとは気付かなかった
生産隊に入るとき　彼女は呉中へ行き私は通貴へ行き　互いに再び会いに行くことはなかった
私は恋しかった　手紙を書くことも知っていた　だが彼女は一向に返事を寄こさなかった
後になって彼女は釈明した　二人はもう付き合ってはならないと兄が考えたのだと

あの時代　国民党の子孫と反革命の子女の結びつきは　天ほど大きな途方もない災難だった
私たちの運命は文革によって変わってしまった　私たちは文革を変えることはできなかった
それは確かに悲惨な運命だと言えた　逃げ場所のない苦難だと言えた
現在　何麗麗は塩業局長をやり終え　既に退職して晩年を心静かに養生している
彼女はいつも言う　当時の私はアメの包み紙に詩を書いて渡したり賀蘭山のナツメを一摑み渡したりしたと
彼女は息子を私のところに寄こして　鍛えてくれ　もっとよい暮らしをさせてやりたいと言った
私の方は何をあれこれ言おう　すべては彼女に過ぎ去った歳月を一言また一言と何回も語ってもらうためだ

二〇一二年十一月十二日07：45
米ロサンゼルス、サンマリノ、ウェイブリー・ロード1416

訳注
＊区桃　欧陽山の長編小説『三家巷』に登場する女性。「「黒五類」追放」六〇頁参照。

一級の脚本家兼映画監督渠愛玲

渠愛玲は功労者と言うべきだ　彼女は今年私の「宏村・阿菊」*の演出に成功した
彼女が中一で文工団に入って踊り　後に国家一級の脚本家兼映画監督になったことは知っておかなければならない
彼女と何麗麗は大の親友　かつて二人は男にしつこく追い回されたのではないかと今も思っている
彼女たちは美しかったが私には全然縁がなくて　私は長年にわたって感傷屋だった
その頃の私は彼女が踊るのを舞台の下から仰ぎ　夜はオンドルであまたの夢を見た
ところが　後に彼女は私のことが好きになったのに　今に至るも親しい友人とも言えないのだ
文革中　私は生産隊に入り　彼女は主に『紅色娘子軍』を踊った
彼女たちは美しい魅惑的な大人になり　それは地方都市の風景の一つとなった
彼女にはきっとたくさんの愛の物語があったはずだが　彼女は今もそれを認めない
後になって　終に彼女から私の会社が制作するショーの脚本を書きたいという申し出があった

打ち合わせのとき　私はしばしば得意になり　今やっと気持ちを言葉にしていいのだと言った
私は何麗麗のお喋りを嫌がり　渠愛玲を間抜けと強く責めてもいいのだ
もっと苦しい時代だったならば　人は苦しみを理由に　忘れることが難しかったはずだ
もっと乱れた歳月だったならば　人は乱れを理由に　必ず思い出すにちがいなかったのだ
私はああいう暮らしを恨んではいたが　今の私たちがまあまあなのを喜んでいる
私は渠愛玲がマイクで俳優に指示してリハーサルするのを見るのが好きだ
飛行機に乗るとき　あの頃どうして私を好いてくれなかったかと恨めしく思える現在が好きだ

二〇一二年十一月十二日08：10
米ロサンゼルス、サンマリノ、ウェイブリー・ロード１４１６

訳注
＊「宏村・阿菊」　黄怒波（駱英）率いる中坤投資グループが、安徽省黄山市の観光開発を進める一環として、世界文化遺産「宏村」近くに創出した、３Ｄ技術や空中舞台美術を使った夜間の大型ショー。また、北京で開催される中央テレビの「夏青杯」朗読コンクールの冠ともなっている。

張秉合の微笑み

張秉合は　小さい時から年を取るまで常に微笑んでいたが　当時は喧嘩の名人だった
彼は　私とは別の人民公社にいたから　私から会いに行った　彼は私のモーゼル銃を手に取って愛でるのが好きだった
私は　生産大隊の会計になったが　彼がずっと畑で働いたのは　私のように口が上手ではなかったからだ
彼はまた私と違い　銃で犬を撃ち殺したりせず　水溜りへ一度に十三個の手榴弾を投げ込んだりはしなかった
だが　私は彼に比べて文革DNAが多く　だから私の闘争意欲は彼よりも強烈だった
当時を思い出すと　私たちは紅衛兵の腕章を盗み　他の人の書いた壁新聞を破り捨てることができたのだった
しかも　路地に縄のワナを張って　人を自転車から放り出して転がすこともできたのだった
勿論　喧嘩するとき　彼は常に先頭で突進して激しく手を振り回し　私の方は跳びはねたり叫んだりした

今日　私は商売人になった　彼は会計事務所を開設した　主に会計検査をして上部への報告書を作成する
ポスト文革時代　私たちは金を儲け酒を飲み往時を想って感慨無量だが　彼の記憶力は私より良い
私は臆面もなく人前に出る　テレビで微笑みネットで苦労する　彼は常に何でも知っている
彼は私が母の墓を改修整備するのを手伝ってくれ　私の寄付した幼稚園を代わりに建ててくれた
最近　私たち二人は賀蘭山麓にワイナリーを建てることを決めたのだった　楽しむのが目的だ
生活はとても大変なこと　酒を飲んで気軽に言葉を交わす城もあるべきだろう　私たちはそう思うのだ
私たちは紅小兵のことから話を始めるはずだ　幾多の恩と恨み　生と死を　まだ記憶している
私たちは言うはずだ　まずまずの幸運のおかげで金を稼いだから同級生たちのような貧乏ではなくなったと
張秉合は微笑みながら言った　我々は皆を招いて三日連続で飲んでもらわなければならないなと

二〇一二年十一月十四日23：51
米ロサンゼルス発北京行きCA984便1A座席

劉勝新の文革

劉勝新は大学を卒業するとともに我が家の向かいに住んだ　文革が到来して仕事が田舎に割り
当てられたのだった
彼は武闘には関わらなかったように思う　しょっちゅう庭でブラブラしていたのだ
皆が言論で攻めるとき　一顧の値打ちもないというように　壁新聞の言葉は意味不明だし誤字
だらけだと言った
皆が武闘をするとき　私に庭の入口をしっかり閉めさせ　流れ弾と怪我人が庭に突入するのを
防がせた
今でも不明だ　何故誰も彼を引っ立てなかったのか　態度を表明させ隊列に加わるよう迫らな
かったのか
毛主席のことはほとんど話題にせず　読みたい小説を見つけてこいと　いつも私に催促した
実際に　彼は終に刃物で切られることなく　銃で撃たれることなく　罪を償う羽目にもならな
かった

また　返り咲いた走資派の報復攻撃もなく審査をパスした　やはり関心を払う者はいなかったのだった
後に彼は言った　文革が人民の災難に過ぎなかったことは　とっくに見通していたと
誰もが積極的になり誰もが馬鹿な目に遭った　誰もが革命的になり誰もが万事休すだった
勿論　珍宝島事件*では彼も積極的になり　私と共に狭い中庭に防空壕を掘った
彼は　爆撃されたときに全世帯の人間が充分に中へ隠れられるようにしようと　頑張り抜いてでかくした
最も印象深かったのは　ある日　彼が私の書いたマヤコフスキーの階段詩*に驚いたことだった
彼は言った　君にはきっと見どころがある　しっかりと書き続けなさい　言葉を上っ面でこねまわしてはいけないと
今は彼も年を取った　但し相変わらず淡々としている　相変わらず何をしているのか分からない
彼は賀蘭山共同墓地に墓参りする私に同行し　母の墓前で三度叩頭して言った
おばさん　あなたに会いに来ました　どうぞ安心して下さい　今ガーピン*は上手くやっていますよ

二〇一二年十一月十四日00：31
米ロサンゼルス発北京行きCA984便1A座席

訳注

＊珍宝島事件　ダマンスキー島事件。一九六九年三月、黒竜江の珍宝（ダマンスキー）島で起こった、国境線をめぐる中ソの軍事衝突事件。

＊階段詩　マヤコフスキー詩の独特の行分けをさす。

＊ガーピン　作者の幼名。「私の名前は黄玉平」三三頁参照。

劉小保の結婚写真

劉小保は劉勝新の弟で私の幼友達　私たちは連れだってコソ泥をやった
西門の城楼の鳩はほとんど食べ尽くした　売ろうにも大した値段にはならないからだ
デモ行進に参加するとき　私たちはパチンコで紙団子を女の子の尻に向けて撃った
そのとき　皆はちょうど　プロレタリア文化大革命は素晴らしいと叫んでいた
私は家ではしょっちゅう叩かれたが　彼が逃げ方を教えてくれた
それからは　母と姉が鶏の羽のはたきを手にするや否やすばやく屋根によじ登った
彼の父はとても寡黙でとても厳格で　常に直立を命じてから話をして
彼に告げた　戦乱の時代に　貧しい庶民はつまらないことを妄想してはならないと
しかし私たちは造反有理だと感じた　特に感じたのは　もう反省文の作成も宿題の提出も必要
　ないということだった
特に感じたのは　大勢で喧嘩ができる　校長と戦える　誰でも腰に銃剣を着けてよいというこ
　とだった

最後の共同作戦を戦い終えるとすぐ　私たちはそれぞれ生産隊に入って苦しみに耐え労働に耐えた
ところが　聞けば彼は実際には募集に応じて制服を身に付け鉄道労働者になったという
一九七八年　彼は北京大学に来て私といっしょに未名湖で再度の記念写真を撮った
彼は言った　明日は自分たち夫婦に付き合って天安門見物に行き　もう一度結婚写真を撮ってくれと
ついに天安門にやってきたのに何の感激もない　と彼は言った
彼は毛主席の肖像をしげしげと見ていたが　涙もなく何の言葉もなかった
行こうと彼は言った　私たちは午後には汽車に間に合わせ郷里に帰って出勤しなければならなかった

二〇一二年十一月十四日00：52
米ロサンゼルス発北京行きCA984便1A座席

劉小平の歯抜け

門歯を失くして皆から嘲笑されたのは　同級生の劉小平だったようだ
たぶん彼の祖父が何かの幹部だったので　劉小平は走資派だったにも拘わらずその口ぶりは強硬だった
彼の家は公園にあり　私たちは登校で通りかかると大声で馬の歯抜けと叫ぶのだった
彼は自転車で坂を下って衝突し門歯を駄目にしてしまった　あの時代では元に戻すのは至難のことだった
私たちの造反は主に人を罵り喧嘩して　そして校長の顔に唾を吐きかけることだった
ところが　彼は銀川の街角で夜通し紅衛兵造反派と舌鋒鋭く論争した
あるとき　彼は樹から幹を抱えて下りてきて　胸に付けた毛主席バッジをこすって壊してしまった
彼は秘密を守るよう懇願し　明日はピカピカの新しいのに換えてくると請け合った
勿論　彼は紅衛兵姉さんの胸元から奪い取ったのだった

皆はチンピラを捕まえろと叫んだが　彼は大胆かつ用心深く公園の樹林に駆け込んだ
彼は一貫して変な奴だった　誰に配慮するでもなくいつも話に祖父のことをもち出した
彼の祖父は　後に革命委員会の副主任となり　それによって彼はますます威勢がよくなった
後のこと　私が絶妙の一撃を猛練習して彼の下あごに喰らわせてやったことで
私たちの多年の戦いは終に勝負がつき　皆が祝意を表してくれたのだった
ところが後のこと　彼は何とクラスの美女陳小芹を妻にしたのだった　クラス全員が憤慨し
　心穏やかでなかった
聞けば　彼の家は決まりが厳格　今でも彼女はクラス会に参加できず　皆がそれはないだろう
　と思っている
聞けば　彼は処長であり　いよいよ眼中に人なく　常に他人は貧乏ったらしいと思っていると
いう

二〇一二年十一月十四日00：57
米ロサンゼルス発北京行きCA984便1A座席

黒ひげの寧漢

この人間の話になると私は忽ちムカつく　そのヒゲが黒くて濃いからだが
勿論　主な理由は　彼がかつて私の帽子を足に被せクラスで見せびらかしたことだ
私が彼を殴れなかったのは　彼には幹部子弟仲間から成るグループがあったからだ
私はと言えば　貧民街に住み着ているものは継ぎ当てだらけで　そのうえ洟垂れ小僧だった
文革における彼らの任務は　如何に貧乏な奴らと喧嘩するかということだった
そして　互いに相手方の父を攻撃し　ひそかに互いの家を捜索して証拠を没収した
街頭を行進するとき　私たちは決まって両側に分かれ　各々が各々の旗印を掲げて歩いた
私たちはきっと誰の革命スローガンよりも高らかに叫んでいたことだろう
革命委員会が成立し　彼らの父母もまた革命の陣営に組み入れられた
彼は父が公安庁の副庁長だったから　生産隊に入る必要はなく公安になった
海南で一稼ぎし　暴力組織取り締まり機関の処長になったが　そのせいで裏社会へ入ってしまった

彼は人に代わって借金を取り立て　果ては罠を仕掛けて人を軟禁することまでした
後に彼は郷里に帰って離婚し　女に代わって屋敷の用心棒をするというヒモの仕事にありついた
彼は同級生のどんな酒席にも飛び入りして大いに喰い大いに飲み　続いて大ボラを吹いた
彼が会社の受付に電話をしてきて言ったのは　小学校同級生が面会を求めているということだった
彼が万策尽きて運試しに私の金を騙し取ろうとしたのだということは　先刻承知のことだった
勝手にするがいい　老いぼれゴロツキ野郎め　文革の残留害毒は悔い改めていない

二〇一二年十一月十四日01：14
米ロサンゼルス発北京行きCA984便1A座席

警察官になった宋強

本当のことを言うと宋強のことがとても懐かしい　中学で仲良しだったからだ
彼は警戒守備区病院の宿舎に住み　父母は共にとても善良だった
彼の父母はどの家の腕白坊主にも声をかけなかった　家に招き入れるなどあり得なかった
当然のことだが彼の家で飯を食べたことはない
彼はかつて街へ出て行進したこともなければ　壁新聞を貼ったこともなかった
かつていっしょに公開裁判を見に行ったことも　人の銃殺を見に行ったこともなかった
だが最後には私を標本室へ連れていって　人の骨格標本を見せた
彼は私が怖がっているか震えているか　斜にそっと見た
あるとき反革命犯が銃殺され　軍医が解剖に回してきた　主に皮を剝ぐ練習のためだった
皮は壁にデカデカと貼り付けられたが　逃げ出そうとしてたくさんの鉄釘を打ちつけられたかのようだった
軍医は五臓六腑から四肢から目玉から　洗濯盥に入れて二人して担ぎ　水路の辺りに埋めた

宋強は場所を知っていて　何回となくこっそり私を連れて見に行ったが
そのあたりの野草に何か変化があったのか　見つけ出せなかった
それで　反革命犯が後に名誉回復となり家族が捜しに来たが　何処を掘っても出てこなかった
皮のことはとても言えなかった　面倒を起こしたくないと思ったからだ
宋強はと言えば　生産隊を経て警官になり　聞けばいつも手錠を弄んでいるという
そのうえ同窓の集まりに参加したことがなく私とも会ったことがない　あの皮のことを訊かれるのがきっと怖いのだ

二〇一二年十一月十四日01：41
米ロサンゼルス発北京行きCA984便1A座席

張言の禿げ頭

小さい頃の張言は大きな目をして赤い唇　大人や女の子にとても可愛がられていた
私は引け目を感じて　あいつは女みたいで　きっと大きくなっても見込みなしだなどといつも
　言っていた
文革中　彼は何の悪い事もしなかったようだし　何の革命行動もしなかったようだ
彼はいつもとても落ち着いていてお利口さんで　四合院*の庭の表門の所で腰を下ろしていた
彼は大通りを見て行進を見て　人の武闘を見て野辺送りの行列を見た
人々は彼を見ると　誰もがあの女の子は本当にお利口さんだと言った
私たちはそれまで関わりはなかったが　偶然に本を交換して読んだ
彼はずっと私のことを悪く言わなかった　それで私もまだ彼についてデマを飛ばしたことはな
い
彼が生産隊に入ったのかどうか分からないが　それはさぞかし辛い生活だったろうと思う
私は今も「広大な天地にはやりがいのある仕事がいっぱいだ」の持つ意味が分からないのだ

彼は幸運だった　後にテレビ局の長を務めることとなった　重要人物だったのだ
私は一度彼に会った　彼はほとんど無関心な様子で　供回りに囲まれ太って禿げていた
かなりのショック　詩歌の流儀で言えば　変わらぬ風景　変わる人　歳月無情と慨嘆した
かつて私たちは共に時代をからかい　後にはその時代から毛嫌いされた
その後の張言は不運に見舞われた　トップが彼のことが気に入らず　彼は辞職して上海へ行った
私はとても残念に思う　もし彼が当時の見目を保っていたなら　きっとトントン拍子に出世したに違いないのだ
私はと言えば　底辺に生存したことに感謝　引きも切らぬ悪運とプロレタリア文化大革命に感謝しよう

二〇一二年十一月十四日02：13
米ロサンゼルス発北京行きCA984便1A座席

訳注
＊四合院　中国北方の伝統様式の民家。四角形の中庭（院子）を囲んで、北側に南向きの母屋（正房）を配し、東西に両脇の棟（廂房）、南側に母屋に向かい合う棟（倒座儿）、計四棟を配する。倒座儿の一部に表門があり、階段状になっていて、そこに腰を下ろすのである。

善良な楊蘭

文革開始で一番割を食ったのは走資派だった　毛主席は彼らの打倒を一番に求めたからだ
「走資派はまだ生きている　我々はプロレタリア文化大革命をやり抜かなければならない」と
　言ったのだ
楊蘭の父は楊一木と言い　寧夏の高官だった　家宅捜索をされ糾弾された
楊蘭は学校で顔を上げられなくなり　家庭の生活もとても困難なものになった
一家は追い出されて平屋に移り住んだ　それでもスラム街の我が家よりマシではあったが
彼女はそれまで通りに人に接し貧賤を問題にはしなかった　学友たちは誰もが彼女と仲良く付
　き合った
あるとき何の用事もないのに　本があるから貸して読ませてあげたいという口実で彼女の家の
　ドアをノックした
彼女の幹部子弟の仲間たちはびっくりし　こいつはゴロツキだ　中へ入らせるなと言った
楊蘭はとても困惑し　私はドアを間違えたと言って踵を返しそこを去るしかなかった

それから後　私は何年にもわたり　自分は本当はゴロツキなのだと内心思ってきた
楊蘭の弟の楊全は　しょっちゅう鼻水を垂らして人と喧嘩していた
私は　そのたびに間に入っては彼に何発か多く殴らせてやった
楊蘭が生産隊に入ったとき　機会があれば彼女を見つけてお喋りをしよう　そればかり考えて
いた
だが残念なことに　新しい政策が実施されると彼女の父は忽ち復職し　私たちは二重の天に隔
てられてしまった
聞けば　現在彼女はもう退職して郷里にもどり　他でもない銀川にいるという
いつの日か彼女に会えたらと思う　是非一度心穏やかに言葉を交わして残念だった気持ちの穴
埋めをすべきだ
私は言おうと思う　よくよく考えたら私はゴロツキではありませんでした　私は詩人駱英でし
たよ

二〇一二年十一月十四日02：49
米ロサンゼルス発北京行きCA984便1A座席

美貌の楊小芳

名前が合っているかどうか分からない　楊小芳はとても聡明でとても美しかった
父は有名な記者だった　彼はナダム*の集会で塔によじ登りぶら下がって写真が撮れた
今もまだ言えない原因から　私は彼女の父のために使い走りで手紙を届けたことがある
実を言えば　素晴らしい本に目を丸くして驚嘆する彼女を見られるのが嬉しかったのだ
それで　最高のコソ泥の腕を発揮して彼女のために『アンナ・カレーニナ』を見つけることができた
母は彼女に会ったことがあるが　この娘さんは本当に器量よしだねと言った
彼女は　父に従って北京から寧夏に引っ越してきて後にまた北京へ戻って行った
文革中　彼女の父はいつもたくさんの壁新聞を書いて貼っていたが
彼女は　父が「卑劣な奴」と呼ばれていることを知るべきだった
私の知る彼女の父は女を追い回す恥知らずだったが　ずっと一人の女性を愛していた
それは寧夏の貴婦人　知らぬ者はない　彼はいつも屋上から彼女の寝室へ降りて行った

楊小芳は　そのとききっと自分のベッドでアンナのために涙を流していたのだと　私は思う
歳月は人を切歯扼腕させるが　なかでも文革中は　誰に対してもその正誤の判断ができなかったのだ
私も　楊小芳のその後の生活と行方は不明だったが　心の内にはいつもその面影がぼんやり浮かんできた
ある年帰省して身内を訪ねた折　街で彼女とばったり出会ったが彼女は私の様変わりにも落ち着いていた
彼女は目を輝かせ　話をしたいようだったが　私はいちはやく己を押さえて淡々としていた
今想い出すと　私は決まって少し自責の念が起こり　少し後悔し少し辛くなる

二〇一二年十一月十四日03：17
米ロサンゼルス発北京行きCA984便1A座席

訳注
＊ナダム　モンゴル族に伝わる、年に一度の祭り。相撲・競馬・弓術などの伝統スポーツが催され、市が開かれて交易も行われる。

納夏のムスリム葬

私と納夏は別々の中学に上がった　だが壁新聞を貼る壁の前ではよく顔を合わせた
とても小柄だったが毛筆の字が素晴らしく　彼の壁新聞はとても上手く書けていると皆が言った
大人たちと談論したが　彼にはいちいち道理がありしつこく絡んだので　相手に恥をかかせ怒らせるのが常だった
腕まくりして喋るのが得意だった　どうだオレ様は恐れないぞ一丁やってやろうかというように
生産隊にいたとき彼は赤旗を両手で支えて　徒歩で六盤山区へ行こうとした
それは紅軍が歩いて通った場所で　これを聞いて寧夏は上も下もどよめいた
実際は大部分の時間を　伴走するはずの車に乗って山を上り坂を下ったのだったが
それ以来　彼は英雄なのだった　工農兵の時代に時めいていた
私が模範知識青年となってからは　彼はいつも私の前方に並んで発言していた

だが私は彼よりも決然として　生涯農村に根を下ろしたいと誓いを立てた
その後　私は工農兵受講生だったので　彼よりも先に北京にやって来た
彼は生真面目に規定に従って大学に合格し　子供も北京で生まれ北京で育てた
彼も公務員を辞めてビジネス界に転身して会社を興したが　商いはずっと思うにまかせなかった
彼は深酒が止まず　深夜に起き出して二合飲みたくなり　それでやっと寝付けたのだった
彼の母が危篤になり急ぎ銀川へ戻ったが　彼は肝臓浮腫によって突然死んだ
彼はかつて有名人だったから体面もあり　皆が彼の為にムスリム葬をとり行った
人々が皆で議論した　市内のムスリム僧がやって来た　その死は価値あるものだった

二〇一二年十一月十四日03：51
米ロサンゼルス発北京行きCA984便1A座席

痛風になった李紅雨

李紅雨も　寧夏にいたとき幹部子弟だった
彼は生産隊にいた時間は大変短く　どのように文化大革命に参加したのかは分からない
寧夏のかなりの数の人が彼のことを知っていると言うが　これには納得しがたい
彼は温和でよく歴史の話をし　ライフル銃で雀を撃つのに以前は二百メートル以内なら一羽に一発だったとよく言った
私は憤激し　法螺を吹いているのだと言った　私の射撃がそのような神業ではなかったからだが
彼は終始微笑み　釈明することはなかった　きっとその後にも法螺を吹いたに違いない
何故だか分からないが　彼は多くの文革の秘密　例えば誰が誰を陥れたかを知っている
そうして　彼は清朝に対して特別の興味を感じていた　と言うのも彼は満州族だからで正黄旗*の末裔であるようだ
彼は私の会社の副理事長をしているが　いつもゆったり構えている
きっと仕事の一つ一つをきちんとやれるのだ　たとえ私が地団太踏み怒り狂ってもきっとやれ

るのだ
私たちは共に羊のアラを好んで食べる　現在の私は郷里へ帰る回数が彼より多いが
彼は尿酸値が高くて痛風になり　もしかしたら　アラは口にしないようにすべきなのかも知れない
文革を思い起こすと　私たちはあのときの武闘のこと　あのときの死体のことを何度も喋ることになる
彼は常に言う　あの頃は度胸があった　体育館の死体置き場で死体の弾痕を数えたと
彼は言うはずだ　ある死体の目は閉じてもまた開いたが　呪いを唱えた後はもう動かなかったと
彼も私の観点に同意してくれる　文化大革命がまたやって来ても
私たちが再び毛主席の紅衛兵になることなど　勿論　永遠にあり得ないということに

二〇一二月十一月十四日04：10
米ロサンゼルス発北京行きCA984便1A座席

訳注
＊正黄旗　清代八旗の一つ。清代、近衛兵を満州族、漢族、蒙古族によって、それぞれ八旗の軍団で編成し、計二十四旗とした。皇帝自らが率い、旗の色で区別をした。正黄旗、鑲黄旗、正白旗の三旗が上位の序列とされた。

涂一苓先生

涂一苓先生は　私の中学の担任で数学を教えていた
彼女はそのとき大変若く大変な夢想家で大変小柄で　踊るように歩いた
彼女は常に言っていた　黄玉平　背筋をまっすぐ伸ばしてしっかり歩きなさい
彼女は私に対する批判会を開いたが常に適当にお茶を濁した
工業農業に学ぶ労働活動で私が決まってお喋りをすると　口を泥で塗り固めてあげると言うのが常だった
あるとき私は教室で人にビンタを喰らわせた　彼女は私に出て行きなさいと叫んだ
私のよいところは　たくさんの書友がいることだった　彼女はよく私に名著を借りに来た
あの時代　これはしかし非合法の行為　天知る　地知る　彼女知る　我知る　だった
彼女は私の心を温めてくれた　懐かしむべき日々を今も抱いていられるようにしてくれた
生産隊に入った後の眠れぬ長い夜　私は彼女に深い敬慕の気持ちを手紙に書いた
今言うならばそれは一種のマザーコンプレックスであり　青春の歳月の　苛立ち騒ぐ波だった

私が会うたびに　彼女は以前と変わらない楽しげな満面の笑顔で私に親近感を抱かせた
現在　彼女は常に皆に言う　きっと将来の見込みがあると　子供の頃に見て分かりましたよと
彼女が　私のような生徒を持ったことを誇りに思うと言うからには　私は彼女のために頑張るべきだ
彼女の家が反動的で政治的経歴が悪いとされたことをずっと覚えていたが　私はいつも懐かしい思いになる
男子生徒は苦しみを訴え　女子生徒はこっそり誰と誰が仲が良いかを報告した
それはまさしく　もう一つの文革　もう一つの生存体系だった

二〇一二年十一月十四日04：33
米ロサンゼルス発北京行きCA984便1A座席

詩人秦克温

彼は私たちの国語の先生　但し寧夏の言葉を使ってしか授業ができなかった
農民蜂起の詩を朗誦するとき　彼は決まって口角泡を吹いた
彼は文革の到来に気付いていないようだった　常に種々様々の詩を書いていた
私が十三歳のとき　彼の作品は寧夏日報に発表された
彼は私が糾弾されようがされまいが　或いは処分されようがされまいが一向に無関心で
さも重大事を行うかのように職員室で私の詩の添削をした
批林批孔運動のとき彼は眉をしかめ　私の大言壮語をどう改めたらよいのか分からないのだった
革命の時代なのか　詩句は常に激情慷慨を表現し驚天動地の勢いを示さなければならなかった
私が生産隊に入った後　彼は寧夏日報の文芸部で編集を担当し　いつも私の作品の発表に尽力してくれた
それで私は最終年次*の工農兵のリーダーとして寧夏日報から推薦を受け　北京大学の中文系に

入れたのだった
ある年　光明日報が教師を讃える彼の連作詩を発表し　寧夏は大いに沸き返った
あの時代　それは実に地方都市の大きな出来事だった　誰もがそれを誇りとした
私は今是非とも尋ねてみたい　壁新聞は書いたのかと　そして何故密告しなかったのかと
何故彼は糾弾されたことがなかったのかと　人を糾弾しにも行かなかったのかと
現在はなかなかいい感じだ　私は詩人駱英となり常に詩集を彼に謹呈している
彼の方はもう現代詩を書くことはなく　詩詞学会会長となり古典詩や韻文を書いている
或いは懐旧に浸っているのかも知れない　だが私は敢て保証しよう　彼は絶対に文化大革命は
好きではない

二〇一二年十一月十四日05：11
米ロサンゼルス発北京行きCA984便1A座席

訳注
＊最終年次　大学入試は、一九七二年〜一九七六年の間は、労働者・農民・人民解放軍兵士の中からの推薦によって行われ、それ以降は入学試験に移行した。一九七七年入学の駱英は最後の「工農兵学生」の一人だった。「北京大学工農兵学生」一七六頁参照。

〈毛の抜けた犬*〉段忠仁

文革中には　毛の抜けた犬と呼ばれても何の痛痒もなかった　何故なら今から見れば誰もがそうだったからだ
段忠仁は　一人の貴婦人を愛してしまい北京から辺境の都市へ移って来たのだった
彼の一生はまるでこのために生きてきたようなもので町中で噂されることにもなった
彼は彼を毛の抜けた犬だと呼ぶ人間をも　壁新聞を書いて攻撃することができたのだった
彼は新聞記者だった　いいカメラがありさらに愛娘もいた　名を楊小芳と言った
彼はあのような日々をしたたかに逞しく生き抜いた　一般の人は手出しなどできなかった
現在考えれば　理不尽な時代には　或いは無頼の徒として生きてこそ上手くやってゆけたのかも知れない
文革のおかげで　時代の人間は皆無頼の徒となって互いに嚙みつき合った
段忠仁の壁新聞は必ずまるまる三日間貼られていなければならず　それでやっと誰かがその上に貼れるのだった
造反派といえども　彼の頭に銃を突き付けて脅し文句を言える者など何処にもいなかった

町中の人が　昨夜彼がまた誰の家へ行ったかということも　その上転んで肋骨を折ったということも知っていた
あの時代　平屋の集合住宅は長年修理を怠り　彼は不注意にも真夜中に罪のない者のオンドルの縁で転んだ
彼は起き上がって土をはたき　訳の分からないことを言って病院へ行き　傷をふさいで痛みを止めようとした
彼の壁新聞が壁から消えて　田舎町の多くの人がほっと息をついた
現在私は有名になった　とても彼に会ってみたい　かつては中宣部*の処長の身分で会ってみたかった
現在誰も彼のことを知らない　近頃生きているかどうか　退職して隠居し養生しているかどうか
思えば　これは出鱈目な歳月の最も良い終わり方だと言わなければならない

二〇一二年十一月十四日05：26
米ロサンゼルス発北京行きCA984便1A座席

訳注
*毛の抜けた犬　卑劣なやつ。卑劣漢の意。

＊中宣部　「中国共産党中央委員会宣伝部」の略称。中央官庁には外交部（外務省）などの部があり（党派・団体・企業なども同様）、その下に「局」、次に「処」、その次に「科」を設けている。駱英は一九八一年に北京大学卒業後、一九九〇年まで中宣部の幹部局、外宣部に勤務し、最終的に幹部局の処長を務めた。「釣魚台十五号棟」一八二頁〜「中宣部の泥棒処長」一九四頁の各篇を参照。

一九九〇年、建設部の中国市長協会に異動。同協会所属の中国都市出版社の常務副社長を務めたことがある。その後、一九九五年に北京中坤投資グループを立ち上げ、その会長となる。「出版社の朱兵」一九七頁〜「謝部長を慎重に使う」二〇九頁の各篇を参照。

仲良しの華新河

文革だったから　実権派は凋落することとなり　彼らはゴロツキと付き合わざるを得なかった
華新河に感謝している　彼は高級幹部の息子だったが私とはとても仲良くしてくれた
彼は私にソーセージを食べさせてくれた　そのときからそれが肉だということを知った
それで　彼が百科辞典を借りていって返さなくても私は恨み言を言わなかった
彼は革命の直接の対象だったから　私よりも一段と底辺寄りだった
家宅捜査をされたとき　私は屋根から下の紅衛兵目がけてパチンコを撃つのだったが
彼は　父が牢に閉じ込められたことをおくびにも出さなかった
私には記憶がない　彼も護送されて父の糾弾集会に参加させられたのかどうか
文革後　彼の父は胡耀邦によって名誉が回復されて　北京に戻り国の指導部に任じられた
彼には北京で会ったが　彼は酒を三杯飲んだ後に　突如として私が誰なのか思い出した
彼は退職したと言い　重大な問題を扱っていて普段からちょくちょく飲んでいると言った
杯が重なってくるや　忽ち私の頬をはたいて言った　黄ちゃん　おまえ　なかなかやるなあ

その実「双反*」のときに彼の父は政権内にあり　その政策で多くの人間が死んだことはとうに知っていた
当世風の論法に照らせば　私の父はそれで冤罪死となり　彼の家は冤罪の仇となるはずだ
だが私はそれでも華新河が好きだ　あれは衝突の時代だった　誰もが思うようにはならない身だった
私たちは誰もが被害者であり誰もが迫害者でもあった　公平だったとか不公平だったとかは断言できない
私はその時代の発生を呪詛した　その時代の再度の到来も呪詛する　当然のことだ

二〇一二年十一月十四日05：56
米ロサンゼルス発北京行きCA984便1A座席

訳注
*「双反」「三反五反」のこと。一九五〇年代初期に、反「三害」反「五毒」を掲げて展開された政治運動。「三害」とは、汚職、浪費、官僚主義のこと。「五毒」とは、賄賂を使うこと、脱税すること、国家の物資財産を盗み騙し取ること、手抜き工事をして資材をごまかすこと、国家の経済情報を盗み取ること。

Ⅳ 文革記憶後記

——我ら皆紅衛兵

北京大学工農兵学生

七七年度入学の私たちは　最後の工農兵学生　肩身の狭い思いをした
講義に向かう途中　労働者たちが荷車を押しながら言うのだった　奴らを押し潰してやれ　工農兵学生だぜ
私たちはまだ講義を受けているのに　新聞は壊れた世代とか役立たずの世代とか書いた
そうだった　文革はこの社会に継続中なのだった　皆の闘争的な気分は一貫して相当に強いのだった
内部抗争を必要としたのだった　それ故社会は互いに攻撃し　同級生の間にも派閥を作ろうとした
例えば　北京の派閥　上京組の派閥　軍隊の派閥　各地方の派閥　都市の派閥　農村の派閥
誰もが誰にも従わなかった
武闘は結束に手っ取り早いのだろう　皆の野放図は立ち上がったばかり　まだ発散し尽くされてはいなかった

中国は従来から民が暴発する事情に事欠かない　従来から人にとって他人はすべて地獄だった
伊良兵は工農兵学生　大学に残り中文系の主任をしていたが　四人組と関わりがあったとかで
　彼には糾弾が必要だった
私はスローガンを叫ぶ責任者だった　内容は「伊良兵は素直に頭を下げて罪を認めよ」だった
私たちは糾弾集会に興奮を覚え心地よさを感じた　それが文革だった
だが私たちは全員が有罪　文革の優等生だった　そうだったからこそ工農兵から推薦を受けた
　のだった
多くの同級生は父母が新しい政策の定着を受けて返り咲き　それによって特権を得て裏口から
　北京大学に入った
走資派はまだ生きていた　しかし文革は終結していた　工農兵は邯鄲の夢を見たのだった
時代の　社会の　国家の捨て子として　革命がまた勝利したときに　私たちはもう一度捨て去
　られた
ある者は怨み　ある者は悔やみ　ある者は憤り　あらゆる者がきつく拳を握りしめた
そうだった　皆紅衛兵になったことがある　もう一度来るのは最悪でもプロレタリア文化大革
　命だった

二〇一二年十一月十四日18：19　北京崑崙ホテル

段磊の死

段磊は　内モンゴルのレスリングチームからやって来た　文才に優れ　彼の書く小説は人を魅了した
彼は常に酒瓶を手に酒を飲み　壁に寄りかかって　彼のガールフレンドが人と社交ダンスを踊るのを見ていた
私たち二人は共に西北から来た　意気投合した　どちらも義理人情に厚く粗野なのだった
共に「文攻武衛」の一連のやり方に精通し　誰に対するにも疑問符を付けたままにしておいた
学生食堂で飯を出すために　結局　七七年度と七八年度の男女学生が生産隊へ入った
工農兵学生は一段格下　早いこと北京大学の門を出てゆくべきだと　皆が思っていたのだった
私は人を引っ張り出す任に当たり　段磊は人を殴り倒して地面に転がす役を実行した
文革は私たちを早々に狼に変えてしまった　その狼性はどうして容易に変えられよう
北京の同級生が密かに図り　幹部の子弟を嫌っているという理由で担任を罷免しようとしたので
私と段磊は宿舎のドアを蹴破って彼らの先祖十八代を罵ってやった

それは五四運動*の伝統だと言えようか　我が民族は百年来一貫して一切を打ち壊してきたのだ
またそれは新文化運動だと言えようか　我が民族は百年前に孔子様を打倒したのだ
その頃　未名湖の水は澄み渡り　私たちの身にはいつもトウモロコシ粥がくっ付いていた
その頃　文革は収束しつつあった　最後の工農兵学生が卒業して大学を離れたのだ
段磊は内モンゴルへ帰りテレビ局の仕事をした　怒りっぽい性格になり気がふさぐばかりだった
ある年の春節　私は彼のところへ行き酒を酌み交わして往時を語り深い溜息をつき　スターリンを語り魯迅を語った
深夜　段磊は死んだ　腎臓の衰弱から酒は絶対に飲んではならないということを　彼は言わなかったのだ

二〇一二年十一月十五日03：03　北京長河湾

訳注
＊五四運動　第一世界大戦後のパリ講話会議での、山東問題の扱いに憤った北京の学生が、一九一九年（民国八年）五月四日、市中をデモ行進し、政府に対して講話条約批准の拒否と責任者の処罰を要求した。以後、それが全国的な排日運動、反軍閥運動に拡大した。知識人・学生に始まり、やがて商人・労働者も参加して、政治・社会・文化全般にわたる動きとなり、その後の中国の革命運動に、反帝国主義・反封建主義という方向性を示した。

二十六棟

第二十六棟は留学生男子棟　第二十五棟は留学生女子棟だった　現在取り壊そうとしているそうだ
そのとき私は指導生と称されて　アイスランドの学生シェリーと同じ宿舎に住んでいた
これで朝寝坊ができたが　某国の誰それに何か問題はないかと　始終尋ねられることとなった
文革はやっと終わろうとしていたが　敵情に対する警戒の念はまだ強かったのだと思う
パレスチナの学生は多く　彼らはしょっちゅう一悶着起こした　主なトラブルは女子に対する付きまといから発生した
その頃は改革開放が始まったばかりで　中国の女性は外国人と呼ばれる男なら誰にでも夢中になったのだった
ある日　私は留学補佐として　一人の女子をパレスチナ学生フセインの部屋に入れた
夜が明けると公安が彼女を連れ去った　後で聞けば長期の刑を言い渡されたという
また別の女子は　しょっちゅうフセインのベッドに腰掛けて敷布団を縫ってやっていた

彼女は終始横目で睨んで振り向きもせず　あなたは中国のゴキブリ　とっとと出ていってという意思を示した
アルバニアの学生はしょっちゅう外貨兌換券を両替　そして香港に行き来して衣類を闇で高く売っていた
朝鮮の学生たちは計り知れないほどの生真面目さで常に金日成バッジを付けていた
黒人学生たちは　香港で値打ちにソニーのテープレコーダーを買って持ち帰る方法を　常に心得ていた
シェリーはと言えば　いつも大勢の金髪女性がやって来て　私が外に出なければならなかった
留学生の一切は我々の目から逃れられなかった　私は敵に対する闘争の複雑さをよく知っていた
我々は自分に備え　他人に備え　友人に備え　敵に備え　過去に備え　現在に備え　未来にも備えた
我々は腕章を巻いた　バッジを付けた　ソ修に反対した　米帝と戦った　さらに四人組をやっつけたばかりだった

二〇一二年十一月十五日03：32　北京長河湾

釣魚台十五号棟

釣魚台は王洪文がカラスを撃った所だ　確かにカラスは多すぎた　夕暮にはびっしりと空一面
を覆うのだった
江青はと言えば　終始十五号棟のカーテンの内にこもり　歩き回って文化大革命の未来につい
て考えていた
私は中宣部勤務になり　その十五棟で幹部の個人情報記録簿を書き直しては移動命令を出して
いた
幹部学校の下放した同志たちを再び省内にもどして党の仕事をさせるという政策の実施が主な
仕事だった
人が増え　カラスたちは終日カアカア鳴き騒いで落ち着かず　人の頭上で糞を垂れ小便をした
人が増え　思想問題　路線闘争　文革の恩讐が重要な議事日程に並べられた
李泉は文革中に真っ先に造反し　陸定一を批判し　周揚と闘争し　胡耀邦に反対していた
彼は後になって一切を否定し　迫害を受けたのだと言い　声をひそめて劉哲と江青の執筆グル

ープはとても近い　と言うのだった
葉梅は江青に手紙を書いて　革命模範劇はプロレタリア文化の新世紀を切り開いたと賛美した
が　そのとき頑としてそれを認めなかった
王敏は　彼女とは別の文革党派だったので　組織へ手紙を書き葉梅の文革の悪行を通報した
蔡英は　文芸局長だったが彼を告発する人がいた　彼の復職は芸術が生活から生まれるという
考えの否定だと
秦舟は言った　プロレタリア独裁を言わざるを得なかった　それはマルクス・レーニン主義の
輝かしい理論だと
勿論　あらゆる人が四人組を心底憎んでいたので　あらゆる人がやっと一息ついたのだった
勿論　あらゆる人が皆文革の被害者だと言い　負債を四人組の頭上に回してケリをつけようと
した
だが　あらゆる人の個人情報記録簿を見て　全員が一貫して闘争し　闘争の対象となり　運動
し　運動の対象となっていたことが分かった
全員が　通報したことがあり忠誠心を示したことがあり　魂の底まで革命を起こしたのだった
私は釣魚台十五号棟で事務を執ったが　勿論もう赤い腕章は付けなかったし毛主席語録を振り
かざすこともしなかった

二〇一二年十一月十五日04：17　北京長河湾

精神汚染一掃運動

周揚翁は　人を痛めつけ左に走り過ぎて運動を引っ張ったのを悔いたが　乱世を治め正しい世
　に戻すためだったと言った
さらに言った　「延安の文芸座談会における講話」をもう一度読み直して認識を新たにすべき
　だと
さらに彼は人間疎外ということを言い出し　それで大きな波風を引き起こした　ある人は精神
　汚染を一掃せよと宣言した
再び大批判の戦場が戻ったが　皆は熟知したことだったので　ズバリ急所を突き原理原則を主
　張した
誰もが歴史のタイミングを捉えて　自分の拠って立つ陣営を選んだが　現実はどちらも死ぬか
　生きるか　双方が並び立つことはなかった
李洪林は自己批判を迫られ　戴舟は立ち上がって叫び　革命は大人しく善良で恭しく慎ましく
　遜るというものではなかった

理夫は海南島で自殺した　マルクス・レーニン主義、毛沢東思想の裏切り者だと判定されたからだった
壁新聞は貼れなくなったが　誰もが一気呵成に主張を書き上げ　路線闘争においては決して引き下がらなかった
自分が最も革命的で最も私利私欲がなく　多少は造反派のように一貫して正確だったと誰もが言った
もう政治運動はやってはならないことには皆同意したが　思想路線は必ずはっきりさせる必要があった
皆は同じ食堂で食事をしたが　各自の仕事机で筆を揮って力比べをした
ある者は疎外論を書く手伝いをしたことを思うと　頭を上げられずに俯いて廊下を歩くのだった
批判する者は顔を上げて通り　それは幾分紅衛兵のようで　大勢がどっと押し寄せてその彼を飛行機に乗せようとした
周揚は到る所に詫びを入れて過ちを犯したと言ったので　これはつまり政治ショウなのだと言う人がいた
彼が何人も痛めつけ幾つも文章を書いたことはしっかり覚えているし　深い恨みは忘れる訳がないと言う人もいた

文革後　彼は正気を取り戻し他の人は自由になった　但し歴史の負債は必ず清算されなければならないのだった

当然の結果だった　一つの運動によって別の運動を清算し　一つの批判によって別の批判に取って代わったのだった

二〇一二年十一月十五日05：03　北京長河湾

周毅の痰

周毅は中宣部の老人だった　文革中に下放させられたのは江西省の農村だったらしい
彼が一家で転居するとき誰も見送らなかった　彼が多くの人間を陥れたからだった
新しい政策が実施され彼は帰ってきたが　昔と同じで彼を出迎えて歓迎する人はいなかった
事務局の主任になったが太って浅黒くてがらがら声で　ひどく図々しい犬のような姿だった
彼は人を迫害したことがあり　それにより迫害を受けたこともあり　それで却ってますます迫
　害したのだった
彼は私に怒鳴りつけた　だが　それはまた権力の座に返り咲いたと　人に向かって宣言したの
　だとは分かっていた
彼は文化大革命は彼をひどく惨めにしたと言い　誰が彼に関する壁新聞を書いたのかまだ覚え
　ていると言い
歴史の負債は必ず数えてやると言い　必ずこういう口ぶりになってきて　その口ぶりはいつも
　決まっていた

だが　そこの人間は皆文革の人　皆が陰で彼の言論を収集していた
例えば　どんなときにどんな観点に不満だったか　部長付きの運転手に対して無礼だったかというように
例えば　彼は生活に慎みがなく　事務室の女性に彼の執務室で脱衣入浴させたというように
哀れな周毅翁は年を取って短気になり　報復を急ぐあまり闇討ちは防ぎ難しということを忘却していた
彼は最後まで副部長になれず　失意のうちに退職した　誰も彼に握手を求めなかった
彼は我が家の階下に住んでいたが　来る日も来る日も中庭で椅子に腰掛けて猫や犬を相手に日向ぼっこをしていた
女性が通りかかるや彼はまじまじとその胸に見入り　他人の視線にはお構いなしだった
私は商売を始めて金を儲け　運転できる車を手に入れた　彼は私を見るや床に痰を吐いた
後に彼は死んだ　彼が文革のせいで一生他人を恨んでいたことに起因すると思いたい

二〇一二年十一月十五日05：23　北京長河湾

破れ靴*　夏遵蓓

彼女はある機関の党委員会書記だった　不機嫌そうな顔つきは　人を苛むために生きているかのように見えた
ところが　文革中　彼女は見せしめに首に破れ靴を掛けられて市中を引き回された
造反派は彼女をジェット式*に跪かせ　彼女が男と寝て資本主義路線を歩んだと批判した
彼女が過去のことを話し出すと　邪悪な眼差しになり拳を握りしめて両手をわなわなさせた
彼女の眼にはあらゆる若者が造反派だったから　その語気は氷のように冷たかった
同年代の人間は全員かつて〈黒い資料*〉を収集した人間だから　彼女は絶対親しくはならなかった
彼女は私を最も嫌った　私には馬鹿にした態度と気ままな振る舞いが　しょっちゅう現れていたからだ
そんなわけで私の方は悪意を込めて　耳打ち会議を開いては彼女の悪党ぶり悪行ぶりを広めた
文革は私を年若くして鋼鉄の戦士に鍛え上げ　人と人との戦いに慣れさせた

文革は彼女に世の移り変わりの激しさを何度も経験させ　心に恨み辛みを抱かせ　虐めと防御とに熱中させた
彼女は皮肉たっぷりの冷ややかな言葉で巧みに欠点を論じて　私が抜擢重用されないようにした
私は彼女に対立する側の支持があり　彼女の政治態度を報告しようと　さる事務室に絶えず出入りした
彼女は私のことに耐え切れず　仕事を離れて引退幹部となり二度と顔を合わせるということはなかった
彼女が重病で救急搬送されたと聞いて　私は心に花が咲いたように嬉しくなり　彼女が早く死ぬようおおっぴらに呪いの言葉を唱えた
我に従う者は生き我に逆らう者は死ね　まこと　これが文化大革命の闘争ルールなのだった
人は己の為に為さないなら天地の誅伐を受けよ　まこと　これが文化大革命の絶対真理なのだった
それ故に私は同意する　人は誰でも黄怒波*だということに　人は誰でも「破れ靴夏遵蓓」だということに

二〇一二年十一月十七日08：43　上海行きCA1501便11A座席
テレビ公開講座『講義を始めよう』の番組録画へ

訳注

＊破れ靴　「市中引き回しの破れ靴」七四頁参照。

＊ジェット式　批判対象者を後手にさせて俯かせ、ジェット機のような姿勢をとらせるやり方。「「紅宝書」」四四頁参照。

＊〈黒い資料〉　罪をでっち上げ人を陥れるために集めた資料。

＊黄怒波　詩人駱英の現在の本名。少年のころは黄玉平だった。「私の名前は黄玉平」三三頁参照。

葛蕾のじゃじゃ馬事情

葛蕾は私を管轄する副局長だったが皆は彼女を避けて通った　そのじゃじゃ馬振りがひどかったからだ
彼女は文革で造反派だったが　彼女の不思議さはどんなときも正しい側に立てることだった
彼女は人を信じたことがなく　人も彼女を信じたことがない　人が彼女を信じないのだから彼女はあらゆる人に気を許さなかった
例えば彼女はこっそり部長の机上のものをめくり　秘書の引き出しを引っ掻き回して巧みに秘密を探った
彼女は壁新聞や匿名の手紙を書いたことを認めず　江青宛てに忠誠を誓う手紙を書いたことも認めなかった
文革精査検証グループはどうしようもなくて　彼女をパスさせ対外宣伝の経費を支出した
彼女が作り笑いをするときは　彼女が何かの革命行動を起こそうとしていると心得なければならなかった

もしかして彼女は　ある人物がある路線の人間である可能性が極めて高いと仄めかすのに長けていたのかも知れない
彼女は他の副局長との男女関係を認めたことはないが　その男とは夫婦なのだった
人の言うには　文革中彼女は自分の夫を批判したことがあり　それで如何にも赤の他人なのだった
彼女は　部長の執務室で大騒ぎをし年寄りを驚かせて　何でもウンと言わせるすべを心得ていた
勿論　彼女は対外宣伝の経費で必ず指導者の家族に贈り物を注文してやり　巧みに日常活動をした
彼女には金もあり権力もあり　彼女の息子は最も初期に海外留学生になった
彼女は生活交流の場を仕切って　若者が外国行きに恋い焦がれ身を入れて仕事に励まないと批判した
文革は我々を両面を持つ人間にした　我々は文革の中で犠牲となり利益を得た
我々のゲームルールは二つの道理を言うことであり　二種類の人間になることであり　両方から利益を得ることだった
葛蕾はおそらく今もまだ生きている　彼女は文化大革命を経験したからだ

二〇一二年十一月十五日05：45　北京長河湾

中宣部の泥棒処長

軍楽団の長官宅が盗難に遭い　現金がなくなり腕時計が紛失していたとのことだった
私が彼の隣家の客となったことがあるというので　彼らは私に犯罪行為の嫌疑があると告発した
私は　中宣部の処長であるのに　部の指導者と公安局は　旧態依然たるやり方で私に対して大々的な逮捕行動を繰り広げた
私が思うに　文革を経験したから全ての人が疑わしくなり　組織として簡単には信じられないのだった
叢申は私の部下だったが　彼はこっそり私の個人情報記録簿をめくり　私の指紋をとる手助けをしてくれた
老処長の呉京は　驚き慌てた目付きで　私をまじまじと見たり　また目を反らして見ようとしなかったり
派出所は　車で次々と証人を連れて来て　暗がりに隠れさせ私のことを確認させた

全ての人が背いて言ったのは　どれも私がオートバイに乗って来て身軽な動作だったと言うものだった
彼らが私を騙して派出所へ連行し指紋を調べ重々しく尋問したとき　私は警察にコップをぶつけて割ってやりたかった
自分は「地富反悪右*」を捕える中宣部の処長　民兵隊長だと感激していたのに　そのときは泥棒になっていたのだった
私はひどく傷ついた　その日の行動は明瞭で　中宣部で会議中だったにもかかわらず誰も調べたり確認したりしなかった
国家においては　人は常に災難に遭う可能性があり　冤罪の雪ぎようがないというのが文革の絶対的特徴だった
真相がすっかり判明した後　私は造反派の精神を発揮して派出所に向かってわめき散らしてガラスをたたき割りドアを蹴とばした
一晩中　軍楽団の指導者の中庭で怒鳴り散らし　気の狂った下品なじゃじゃ馬のようだった
出勤したとき　私はしわがれた喉で悪態をついて皆と相対し当てこすりで非難した
執務室は氷の室だった　それ以来皆は感情を表に出さず注意深く慎重に廊下を歩いた
我々は文革の国家　文革の人民だから　お互いに信頼すべき理由はどこにもないのだった
二〇一二年十一月十七日08：11　北京空港三号ターミナルビル一階搭乗口

訳注

＊地富反悪右　地主、富農、反革命分子、悪質分子、右派分子を指す。「黒五類」と言った。「「黒五類」追放」六〇頁参照。

出版社の朱兵

もう九〇年代だったのに朱兵にはまだ紅衛兵のやり方が残っていて　大胆に戦い果敢に突き進むのだった
彼は先頭に立って書籍出版許可番号を売った　決死のグループを擁して執拗に絡んでさんざんに攻めるのを得意とし　「文攻武衛」をやった
彼は美女を派遣して社長を籠絡しておいて　その後で彼らに書籍出版許可番号の承認サインを迫る技があった
さらに真夜中に塀をよじ登り　上の指導者に向けて社長の不都合な資料を届けることもできた
彼は紅衛兵リーダーだったことを隠さなかった　痛快な日々を送ったからだが
現在は改革開放になった　彼は充分に生きるべきだった　自分にピッタリの人物や場所を得るべきだった
私は副社長となった　生真面目に公明正大・清廉潔白に良書を出して業績を上げなければならなかった
彼は誓ったのだった　任せてもらおう　絶対に一年以内に私を追い出し　皆の金儲けの道を塞

がせたりしないと
彼は言った　文革中の我々は生きるか死ぬかだった　青春を荒廃させ愚かなことをしたものだったと
今君は我々を充分に生存させない　君も気楽に生きようとはしないことだ　そう言った
彼らは忘れていた　私も紅小兵出身でルンペンプロレタリアの生き抜く手段に通じているということを
私は組織の名によって　一夜の内に彼らを除名し給料支給を停止した
彼らは床に打倒黄怒波と書いて管轄部門に告訴した
彼らは人を大量動員して　私は女を買い汚職を働きさらに陳希同*とつながりがあると言った
彼らがあちこちで告発状を郵送しているとき　私は組織の決定というやり方で対抗した
私は自分から指導者に自己批判をし　処分は厳罰にして下さい　今後は気を付けますと言った
勇者は勝利し　朱兵は私に餃子を御馳走して敗北を認めて去って行った

二〇一二年十一月十五日06：07　北京長河湾

訳注
*陳希同　一九三〇〜二〇一三年。四川省生まれ。北京市長や北京市書記、中央政治局委員や中央委員を歴任したが、汚職疑惑で失脚。

劉全興の戦闘

老護衛兵として劉全興は自分の陣地を出版社に切り開いた
彼は従来から人を相手にしなかったが　発行した本の売上総額について誰も彼にもの申せない
　と言うのだろうか
文革は彼に傷を負わせたようだ　彼はいつも沈み込んでいて造反は全然つまらんと言った
彼が不正な金を稼いで焼酎を飲んでいるのは　文革に対して後から清算を要求しているという
　ことでもあった
彼は文革中には中央の指導者宅を捜索し　天安門で毛沢東に会ったことを認めた
殴られて頭を負傷したことがあり　血の付いた軍帽と腕章はまだ保存してあると言った
自分たちは互いに平和に暮らすべきだ　私を無事生活させてくれ　気まずくさせないでくれと
　言った
君は君で社長をやってくれ　私は私の全額を売り上げる　相互不干渉にしようと言った
私は彼が不真面目すぎ口吻が尊大なのを笑い　私が下放したこと赤い壁の内側に入ったこと*を
知らず　私の糾弾コンプレックスの強さを知らないと笑ってやった

私は彼を停職にし書庫を徹底的に点検し　命じて小金庫を開けさせた
老護衛兵　劉全興は再び戦場にもどり　大勢を組織して直訴し工作組*の進駐を要求した
彼は言った　私は必ずおまえにたっぷりのドロドロ糞をつけてやり　失敗させて地位も名誉も
　ゼロにしてやると
工作組は私に書籍出版許可番号をどのように闇売りし編集校閲費を余計に手にしたのか　明確
　にするように言い
指導幹部でありながら私が何故そんなに聞くに堪えない言葉で罵倒するのかを批判した
私はといえば　闘志満々　沈着応戦　虚虚実実　紅小兵だったことを恥じていなかった
工作組が撤退した翌日　私は何も持たせず劉全興を追い出した
その後　彼は酒を飲み過ぎて肝臓ガンで死んだが　今わの際に言った　黄怒波は本当はなかな
　かの奴だった

二〇一二年十一月十五日06：27　北京長河湾

訳注
*赤い壁の内側に入ったこと　党中央宣伝部勤務をした経験を指す。
*工作組　問題が起こったり、厳しい状況に陥ったりした職場（工場など）に、党中央から一時的に派遣されて、監督・指導にあたり、事態の収拾を図るための小グループ。

古狸の呉是民

古狸に対応するのは難しい　それで彼を運営委員会に組み入れた
彼は造反派のボスだったので　文革精査検証グループが彼を西安解放軍外語学院から追放した
　ことは知っていた
彼は毎日ゆっくり歩いた　朝早くからやって来て晩くなってからまた帰っていったが　何をし
　ているのか分からなかった
彼は一日で三百万字を出版部へ送ることができたが　そのことは　誤字率の高さが恐い私を
　肝をつぶす程に驚かせた
彼はヒトラー伝を出したがった　大金持ちになれて出版社も有名になると言うのだった
彼は人を手配して私の全ての言動を記録させ　私の決裁済み文書の一つ一つをコピーさせた
私の運転手は私を監視する任を負い　誰に会い誰を叱ったか　そしてまた
誰を訪ねて世話になろうとしているのか　誰の異動を考え　どのグループの入れ替えを考えて
　いるのか彼に報告したのだった
彼は　叱られた人間をドア口で慰め　私のことを礼儀知らずだと言い　人を尊重するというこ

とを知らないと言った
今思えば　彼は早くからいつか私と衝突するに違いないだろうと思い　問題を根本的に解決しようとしたのだった
彼を解雇しようとしたとき　彼は党員という名目によって個人情報記録簿をどうしても受理しようとしなかった
私は町内会へ郵送するよう事務室に厳命したが送った形跡はないということだった
これ以降　彼は次の仕事を見つけられなくなり　そのために至るところで怒鳴り散らしわめき立てた
幹部部門が報告書を出したが　結論は私の人事処分が組織規程に符合しないというものだった
そうは言ってもこれは文革戦士の戦闘スタイルであるに過ぎなかった　なんぴとも何者をも恐れないのだった
私の支払った代価は組織には組織の見解があるのを知らされたことであり　彼の代価は生涯の流浪だった
決着はついた　紅小兵よ　おまえは人間は小さかったが度胸があった　古狸の造反派は偶然のミスで挫折した

二〇一二年十一月十五日06：43　北京長河湾

新社長王理

策略が余りにも過ぎたので　自分は悪い人間なのか　と一度は疑いを持ったのだが
新社長が来たとき　すぐに理解した　我が一身は引き下がりようがなく　必ず闘争が起こるだろうと
彼はかつて建設部の部長をてこずらせたことがあり　部長は彼を出版社に押し込んだのだった
勿論　部長は　しょっちゅう直訴による告訴を受けていた私を　ひどく疎ましく思っていた
きっと運営委員会の副委員長が告発状を取り次ぐことができたのだ　これはどういう人物か調査するよう文書の指示があったのだ
部長は王理に　私を交替させるよう言い含め　私がどのくらい苦境にあるか　観察してみたのだった
王理は闘争の対象を失ったばかりのところで　さっそく新しい戦場にやってきたのだった
私の部下の大多数は　すぐさま彼の側に付いた　私の形勢はすっかり衰えたと判断したのだ
一匹狼のように　私は行く道がなくなり　闘志が激しく湧き起こり　徹底的に戦う宣言をしな

ければならなかった
私はひどく悲しんだ　文革を経験したのだ　私は紅衛兵とならざるを得なかった
彼のやり方の問題点を集め　彼が来たばかりで　女性会計を抱いてキスしたことを　通報した
さらに　彼が大小のどこの集まりでも　部長を愚かで全く無能だと悪態をついていると言ってやった
彼のライバルを見つけて　彼はかつて張春橋*に面会したことがあり
彼が書いた沢山の文章は　どれも「四人組」に手を貸して　ラッパを吹き　カゴを担いだものだと知らせた
私の話を信じるとは誰も言わなかったが　そうしたおかげで　信じないとも誰も言わなかった
組織は私の提案に同意し　出版社を切り離した　私は一息ついた
このとき以来　文化大革命はもう終わった　などとは全く信じていない

二〇一二年十一月十五日07：00　北京長河湾

訳注
*張春橋　文化大革命を主導した「四人組」の一人。「四人組」とは江青、張春橋、姚文元、王洪文を指す。

人事処長卓文

部レベルの機関の人事処長として　卓文は年齢は私と似たり寄ったりだが　私のことをよく思っていなかった
彼は調査グループを代表して結論を下し　私はやり方が粗暴で同志を尊重しないと認定した
出版社の問題は私が原因で発生し　それは度量が狭く素養が不充分だからだとし
勝手に人をクビにし　老同志・若者の進路・前途を考慮しないと批判した
卓文は出版社の会計と夕食にしゃぶしゃぶを食べる約束をして　上手く情況を把握した
彼女は美女だったが鷹のような鼻だった　既に新社長王理にすり寄っていた
卓文の女房は　ちょうど彼と離婚騒ぎを起こしていて　また不倫相手を見つけたと夫に告げていたのだった
数日前　彼女は尾行して　卓文が部の女性部下と高級ホテルの部屋を借りたのを発見したところだったのだ
会計の亭主と卓文の女房が現場に出てくるよう　陰で無理に仕向けるのは心中不満だったが

これは文革中の奥の手　一度使えばそれだけで効き目は抜群　卓文は死んでも身を葬るところがないのだった
彼は言った　君の中宣部ゆずりの傲慢無礼が　出版社が落ち着かない根本原因だと
君には異分子を追放する企みがあり　出版社を自分の懐に入れて大金持ちになろうとしていると言った
彼は言った　出版社は重要な文化陣地だから　政治的に信頼できる人によって　守られるべきだと
彼は報告書を書き終えた上で　酒を飲みながら話そうと私を招き　私に代わって山のような有益な忠告をした
彼は告発状の一束一束を開けて読むように言い　私が恥ずかしさの余り怒り出すか観察した
私は勘定を払って笑いながら言った　君の女房と会計の旦那殿は今日役所へ行って　君と会計のパンツ・パンティを見せたと
彼は笑って言った「お主　できるな！」　双方の武術の型が一段ごとに強烈になってゆくのは文革のイロハだった

二〇一二年十一月十六日09：12　北京長河湾

死んでまた生き返った出版社

書籍出版許可番号は独占商品なのだ　だから出版社はこれによって生計を立てるのだ
私が出版社を管轄することになり　全社員の金蔓を締め付けたので　皆は私を締め殺したいと
　思ったのだった
彼らは陰の力を使って資料をでっち上げたが　意外や上級官庁は停刊の命令を下したのだった
それは九〇年代の大ニュースに数えられ　国民全員が知った
年若い頃　私は無頼の徒だった　大人になっても安心できる人物ではなかった
そういう　内も外も窮地に立たされたという心情は　私の闘志を激発させ　終には紅衛兵にな
れた
私は正攻法を使い　裁判所に提訴し　ひそかに力を入れ　上下が結託している内幕情報を集め
た
昼は目を血走らせて人を解雇し　夜は徹夜して人の耳目をそばだたせる通報材料を書いた
文革のやり方は　棗の有無に関係なく三度叩き揺すってから決めるというものだ　デマを飛ば

しスキャンダルをバラしても　責任を負う必要はなかった
指導者は全員が　誰が是で誰が非かは分からない　皆は大便をし終えたらできるだけ早く尻をきれいに拭く
当然のこと　改革開放により「行政訴訟法」のお出ましとなり　裁判官は私の勝訴の判決を下した
その実　私には　プロレタリア文化大革命をとことんやり抜いた造反派の勇気が　大きく作用したのだと分かっていた
判決書をこっそりメディアに渡した後　私は故郷に隠れ三日に渡って酒を飲んでいた
文革が私を鍛えてくれたことに感謝した　故郷が一人の紅小兵を大人にしてくれたことに感謝した
世間中が騒いでいるとき　件の上級官庁は裁判所へ行って　四十元の訴訟費用を納めたのだった
出版社は死んでまた生き返り悪人は追い出された　私はまた良い人になり颯爽と順風に乗った
後に人の言うには　元々出版社はもっと高位の指導者の娘の　個人的な金庫だった

二〇一二年十一月十六日02：07　北京長河湾

謝部長を慎重に使う

引退して第二線に退いた人は　一般的には某協会・某社会団体で指導をしたり指導補佐をしたりする
皆このときから人に対して慎み深くなるが　不平で腹が膨れ無闇に疑い深くなる
謝部長は蚊の鳴くような声でのろのろ話し　私が総括報告をして問題を指摘するのを半ば目を閉じて聞くのが常だった
私はといえば　満腔の情熱で勇敢に突き進んで　彼の機嫌を損ねて面倒を起こしたことの責任をとった
彼はテニス好きで　私は五つ星ホテルのテニスクラブを見つけ　料金は内緒で支払わなければならなかった
彼は値段を尋ねたことがなかった　しょっちゅうコーチを替える上に　誰かに御供をさせてダブルスをするのが好きだった
またしても改革だった　私はどうしても協会を離れてビジネスに身を投じ　生きる道を自分で

追求しなければならなかった

彼が　公の資源を利用して己の金儲けをするのは絶対に許されないと　言ったからだ

起業十周年　私は北京飯店で会を催し　モデルを呼び　彼に見てもらったりした

彼は帰宅後一晩中眠れず　長大な質問状を書いて皆に回覧させた

黄怒波はどのようにして大きくなったのか調べる必要がある　協会は当然財産を点検すべきではないか　彼はそう書いていた

彼の息子も企業を経営していることを例示し　悪巧みやあくどいやり方でなければ大金持ちになるのは絶対不可能だと書いた

春節には年始のお祝いに行ったが感情は顔には出さず　ひかえめに穏やかに頭を低くして恭しく　暮らしぶりについてあれこれ尋ねた

私は言った　私が今フォーブスにランキング入りの富豪でいられるのは　あなたが「鉄の飯茶碗*」の仕事を捨てさせてくれたお蔭です

彼は言った　息子には負債があって二進も三進もいかない　私は言った　必ずお助けしますが暫くお待ちいただかなければなりません

彼はちょっと考え言い訳をした　当時「黄怒波については慎重に使うべきだ」などとは決して言っていないと

本当にその通り　文革を経験して　皆はもう誰が人で誰が鬼かを追求する必要などなくなった

のだ

二〇一二年十一月十七日09：51　北京長河湾

訳注

＊「鉄の飯茶碗」　食いはぐれのない確かな職業のたとえ。いくら予算を使っても政府が払ってくれるという〝親方日の丸〟的な意識を表す。

紅衛兵の遺伝子

紅衛兵だったということは　基本的には　誰も逆らえないような自分のやり方を身に付けたと
　いうことだ
例えば誰かが君の足を踏んだら　君はすぐさま歯には歯をとばかりに相手の足を三回踏み返す
　のだ
例えば誰かが君をじろりと睨んだら　君はすぐさま睨み返さなければならない
ガンを飛ばして　馬鹿野郎とか犬野郎とか　そういう類の悪態をつかなければならない
例えば山に登ったとき　私はある登山者を杖でぶっ叩いてやりたいと四六時中思ったものだっ
　た
彼はいつも私のテントの裏で小便をし鼻をかみ　うろうろ歩き回った
アコンカグア山頂アタックの前夜　ロシア人がアタックキャンプ場で酒を飲み民謡を歌った
私には悪意が沸き起こり　起き上がって石をつかみ　その頭を滅多打ちにせんばかりだった
私の無鉄砲な精神はロシア人をびっくりさせ　彼はその夜の内にテントを移動した

私は狂犬のように跳びかかりわめき立て　暗い夜中　六一〇〇メートルで断固絡み続けた
登頂を終えて下山するときもまだ怒りは収まらず　誰でもいいから殴ってやりたかった
山男たちは皆うつむいて私の視線を避けた　私が脳浮腫になったと思ったのだった
お別れのときアルゼンチンのガイドは私に　何故あんなに猛烈にやったのかと尋ねた
彼は言った　山では絶対に忍耐が必要だ　言い争ってはいけない　目指すのは生きて下山する
ことだと
返答の仕様がなかった　おそらく極度の疲労が高山病を引き起こしたのだろうとしか言えなか
った
その実　私は文革が我々の生存の在り方を変えたのだと　誰もがオレ様なのだと　ずっと思っ
ていた
或いは　誰もが痛めつけられた　それなら誰もが他人を痛めつける権利を持つと言えるのだと

二〇一二年十一月十六日02：38　北京長河湾

ゴロツキ事情

二十一世紀のネット時代に　文化大革命から発信されたのではないか　と疑いが
生じるような匿名の掲示板が見られたのは　ニュースとでも言うべきことだった
掲示板は言う　数人の詩人で詩歌の権利を独占し会長をやり　中国の詩歌を世界に送り出そう
　としていると
お決まりの文革方式で　詩歌の隊列から悪党を摘発していると
軍の詩人が副会長を務めるのは　軍のコントロールの再来だと言う
ある副会長は娼婦とデートをし　金や財物を貪って薄汚いと言う
ある人物が副会長になったのは　金で通行許可証を得たということ　詩壇を傷つけ汚したとい
　うことだと言う
その詩は語呂合わせの話芸のようで　経営者の多くが彼よりも上手く書くと言う
一つの匿名の掲示板が全国の詩人の手元に送られても　当然回答する必要はない
人を殺すのは弾丸によるとは限らない　我々が既に文革で何でもやってきた

匿名掲示板の主はファンなどではあり得ない　天も地もそれを知っている　私の知っていること
とは皆が知っている
これがゲームのルールであり　中華民族のゴロツキ事情だ
我々は一切を滅茶苦茶に叩き壊したのだから　我々にはずっと叩き壊してゆくという理由《わけ》がある
二十一世紀は決して人を清潔にすることはない　人が皆悪を捨て善に向かうことは決してない
無論　匿名掲示板は匿名掲示板の流儀で姿をくらますのだ
名を伏せられた者は　全員が赤い表紙の語録を振りかざしたことがあり　赤い肖像バッジを付けたことがあり　九死に一生を得ているからだ
大会のとき　名を隠した者と名を伏せられた者は　互いに微笑み手を振って挨拶を交わしたのだ

二〇一二年十一月十六日03：03　北京長河湾

邪悪な世代

もし誰かが赤い腕章を付け紅衛兵になったことがあるならば　その人間は誤魔化しで充分にこの世界を生きてゆける
またもしその後に農村の生産隊に入り軍の部隊へ行ったことがあるならば　その人間は商売人になりこの世界で充分に大金持ちになれる
もしこういう二人がマーケットで遭遇して競合すれば　喰うか喰われるかになる
だから　こういう商戦はどうしてもハラハラ手に汗を握ることになり　情け容赦のないえげつないものになる
皆旦那様だったことがあり現在もまた大旦那様であり　協力・提携が面白くなければ　どうしたって命懸けでやることになる
例えば　協力していたときには友人だと呼んでいた人間が　現在は私と白兵戦の最中だ
彼は私が資金不足だと言い　私は彼が手抜き工事をして材料を誤魔化していると言い　一回言うごとに声高になってゆく

彼が裁判官を買収しようとすれば私は証拠を収集しようとし　一つやる度にやり方がひどくなってゆく
彼が記者会見を開こうとすれば私はすぐさま山のような資料をしっかり準備する
彼がこっそり金で裏社会と話をつければ私は彼の行動を探って明らかにし　絶対にすきを見せることはない
我々二人は決して顔を合わせず　見かけは体裁よく穏やかでも　口と腹は食い違い　常に一手必殺を狙う
我々は造反したことのある人間だ　通常の道理に従ってカードを切るなど　絶対にあり得ない
ある民族が邪道を歩んだことがあるのなら　その民族は邪悪な世代を抱え込むことになる
たとえ洋服を着てネクタイを結んでも　我々は邪悪な遺伝子を取り除きようがない
我々には分かっている　我々はこれが原因で破産する訳にはゆかない
富は決して我々を高潔へと引き上げはしない　何故なら我々はかつて紅衛兵になったことがあるからだ
止めよう　二十一世紀に在って　紅衛兵のやり方で勝負を決めるのは

二〇一二年十一月十六日03：28　北京長河湾

旦那様の流儀

中国人は誰もが旦那様だ　何故なら中国人はプロレタリア文化大革命を経験したことがあるからだ
例えば私は不動産オーナーであり　つまりは旦那様だ　旦那様には必ず常時仕えなければならず　さもなければ管理費を渡さない
例えば私の別荘が水漏れをしたら　弁償には譲歩せず修理にも譲歩せず　すごい剣幕で嫌というほどまくし立てる
事の主要な筋書きはこうだ　誰かが私の気に喰わないようなことをしたら　私はそいつを心配でたまらなくさせてやる
例えば私の家族が玄関を入ることができなければ　私は烈火の如く怒り癇癪玉を破裂させるに違いない
実は抗議したばかりだった　誰かが我が家の呼び鈴を間違えて鳴らしてぎょっとさせたからだ
他者は即ち地獄　隣人は敵　夫婦は林の中の鳥　文革によって我々は何ものも信じなくなった

たとえまずまずの暮らしになっても　やっぱり相手に出会うや忽ちグイと全身に力が入る
李東強は豪邸を三つ所有していたが決して管理費を払わなかった　不動産屋が物をぶつけてドアを壊したからだ
彼はそれを理由に建設委員会を立ち上げる決意をした　目的は不動産屋を追い払って仇を討ち　恨みをすすぐことだった
彼はネットに書き込みをし住民委員会に告訴して　不動産屋の社長はゴロツキだとクレームを付けた
不動産屋はと言えば　李東強の車に引っ掻き傷を付け一晩中ドアを叩き　彼の会社へ行ってあれは恥知らずな奴だと言いふらした
誰も彼もが攻めたてる　誰も彼もが旦那様　誰も腕章は付けていないが誰も彼もがまだ紅衛兵だった
所有者になったら　李東強は投機売りをし　すぐ辞職を公表し　どうにか充分に満足した
また第二の李東強が所有争いを開始した　新しい不動産屋が来たが　彼の家はペット犬を失ったからだった
新しい不動産屋は彼の電気水道を止め　彼を快適には生きさせまいと決心した
そうなのだ　我々は旦那様だ　我々は法律だ　闘争コンプレックスは二十一世紀の民族特性だ

二〇一二年十一月十六日03：55　北京長河湾

「烏有の郷*」

民族の記憶は拭い去りようがない　この故に　人々はプロレタリア文化大革命を懐かしく思い始めている
生きるか死ぬかのあの痛快さ　役人を跪かせるあの筋書き　金持ち宅を捜索して首をはねる
あの情景は人を病みつきにさせる
人々は　挨拶するときには阿Qのようにカシャッといちはやく　革命陣営に属していることを示す
人々は　ネットに接続するときには「烏有の郷」で四人組のために弔辞を書き込み　江青を懐かしむ
馬立誠*は　八種類の思潮*が元の場所へもどっていって再び階級闘争をしようとしている　と言う
私はフォーブスの長者番付に名前が載り　この時代　身に災いを招くことにならないだろうか
家探しをされ損害を受け　見せしめのために市中を引き回され素っ寒貧になる　想像しながら

私は突然笑えてきた
当時は私もそのように恨みを抱き　そのように造反し　そのように情容赦なかったのだった
黄河の東に三十年　黄河の西に三十年　中国人も変わらなければならない
文革は終結した　闘争はなくなった　この民族が生存していることの他にどんな強みがあるだろう
だが分かっている「烏有の郷」に少しも汚れがないなどということも決してあり得ない
「一将功成りて万骨枯る」　この民族は　多数の紅衛兵が勇敢に突き進むことを必要としたのだった
分かっている　馬立誠の言う八種類の思潮はみんな　もう一度歴史を書こうとしているのだ
一部の人をまず豊かにした　現在はまず彼らをやっつけよという訳だ
真夜中　起き上がって月の光の下で自分の腕章を探し　まだ赤いかどうか見てみる
鏡の中　顔は血の気が失せ眼差しには生気がなく　革命者のようではなくなり　貧困者のようでもなくなっていた
「烏有の郷」では　私は金のためには血も涙もない人間だという　革命の対象か　それとも腰に満貫の銭を付けた紅衛兵か

二〇一二年十一月十六日04：37　北京長河湾

訳注

＊「烏有の郷」 中国のインターネットのサイトの一つ。「架空の場所」あるいは「ユートピア」の意。

＊馬立誠 一九四六年生まれ。政治評論家。人民日報評論部の編集主任を担当するなど、長期にわたって、中国政治および社会改革の研究に取り組む。二〇〇二年、「対日新思考」を提唱。

＊八種類の思潮 馬立誠が『現代中国の八種類の思潮』（二〇一一年十二月）で述べたもの。一、鄧小平思想 二、老左派思潮 三、新左派思潮 四、自由主義思想 五、民主社会主義思潮 六、民族主義思潮 七、新儒家思潮 八、人民主義（ナロードニキ主義）思潮。

革命歌を歌う

鄧麗君（テレサ・テン）の死も　それはそれで結構なこと　か弱いなよなよした声は聞き飽きてしまった
彼女はやっぱり国民党のスパイだったと言う　それでずっと革命歌は歌ってこなかったのだと言う
そうして　私は小さい頃から「大海を行くには舵取りに頼る」*を歌うことができた
革命歌を聞きながら眠り　革命歌を聞きながら起きた
私たちはそれによってプロレタリア文化大革命をとことんやり抜くことができたのだった
時代の革命歌が　時代の紅衛兵を育てたのだった
二十一世紀の人民大会堂にまた革命歌が響き　その旋律に私は涙を落とした
忘れていた日々　忘れていた青春　忘れていた革命　また記憶が鮮明になった
紅軍の服装　江姉さん*の紅旗　南泥湾*のカボチャはキラキラまばゆかった
土豪を打倒して田畑を分け土地を農民に返した　あの時代のことは忘れようがない

革命歌を歌う順序として　会の後半では「プロレタリア文化大革命は素晴らしい」になるべきだったのだと思う
それを待ち望むということは未だにないけれども　それによって心は少しばかり感動したのだった
ある人は文革によって死んだ　ある人は文革によって名誉も利益も共に手中に収めた　ある人は文革によって地獄を経験した
革命歌を歌う人の腕の腕章は　紅衛兵のそれのように鮮やかで赤かった
革命歌を歌う人の心の激情は　紅衛兵のそれのように高ぶっていた
革命歌を歌い始めると　我々の闘志は高揚し世界中が大きくひっくり返り　世界の各地が激しく揺れ動いた
走資派を再び打倒し搾取階級を地べたにひっくり返して　再び踏みつけてやるのだと

二〇一二年十一月十六日05：03　北京長河湾

訳注
＊「大海を行くには舵取りに頼る」　毛沢東思想を讃える歌。「最高指示」五〇頁参照。
＊江姉さん　江竹筠を敬意と親しみを込めてこのように呼ぶ。本名は江竹君。四川省生まれ（一九二〇〜一九四九）の革命烈士の一人。

＊南泥湾　陝西省にある地名。現在は行政上、延安市に含まれる。抗日戦争時期、八路軍がここの不毛の土地を開墾し、自給自足のできる根拠地とした。この付近には海はないが近辺に「〜湾」という地名が多く存在する。

独占的利益集団

文化大革命の良かったところは　それが何であろうと　皆が一斉に手を出してことごとく打倒し打ち壊したことだ
皆は同じ服を着て同じ革命歌を歌い　同じ種類の紅茶キノコを飲んだ
現在はと言えば　皆が　社会主義市場経済やら　まず一部の人がウェストポーチを膨らますべきやらを説く
彼らは白菜を買うように家を買い　白湯を飲むように茅台酒を飲む
彼らは金はいくらでもあるから　国有財産の価値を高めるという名目で高利の融資をする
彼らの次の世代は料金徴収所に腰掛けて　手を伸ばすだけで数十万元を稼ぐ
彼らは出稼ぎ労働者に対して　派遣労働方式を採用し日雇い賃金を支払う
彼らの家庭に入り込んだ愛人は　エルメスを手にしマセラティを運転している
彼らは　自分たちは共和国の長男・次男及び私生児だと言う
この故に　自分たちは先に豊かになった革命的世代に属している　と彼らは言う

彼らは子子孫孫にわたって裕福でありたい　しかも天が顔色を変えないのを確かなものにしたい
私は大金持ちであり彼らとは立場も一致しておりものの見方も同じだ
だが私は革命歌を聞くとき　そこに「風が吠え　馬が嘶き　黄河が咆哮している」のが聞こえる
出稼ぎ労働者が私のビルの前でプラカードを掲げ　スローガン「血と汗の結晶をよこせ」を叫べば心は平静ではいられない
私には文革の威力が分かる　打倒されるのではと心配する順番が私に回ってきたのだ
私には分かる　独占的利益集団が今ちょうど紅衛兵の火薬に火をつけているところだ
問題は　共に滅ぶことになるか　それとも皆が大いに喜ぶことになるか　或いはそれが空想の中の場所にあるのか　ということだ

二〇一二年十一月十六日05：58　北京長河湾

腐敗した逃亡者

私はロサンゼルスの街角で誰が逃亡者なのか分かる
新聞を渡しビラを寄こし　法輪功は素晴らしいと説いてくる類は　グリーンカード（永住許可
　証）を手に入れたいお婆さん
いわくありげな眼差しをし身なりが質素で　俯いて通り過ぎて行くという類は収賄官吏
彼らと言えば胡麻塩頭をしている　手には星島日報を持ち身柄を国へ引き渡された者がいるか
　どうかを見る
中国人が「裸官＊」を発明したとき　文化大革命はまた再来するに違いないという言い方がされ
　た
つまり　屋敷に踏み込んで捜索するという方法のとれない時代は　ときには人に悲哀を感じさ
　せるということでもあった
考えてみよう　大金持ちの誰もがあたふた大慌てをしているときに　彼らはなんと逃亡したの
　だった

共和国の利潤を持ち逃げして　資本主義国の安楽な晩年を目指していったのだった
ところがどっこい　紅衛兵の眼はまだ明るく光っていて　闘志は不屈で逞しいのだった
革ベルトで一打ちすれば問題はすぐに解決し　世に収賄官吏はいなくなり　例外なく誠実・公正となるのに
私は我が祖国故に悲哀を感じ　我が財産故に悲哀を感じ　我が文革故に悲哀を感じた
立ち上がって手を伸ばし　木の葉を摘み取って口笛を鳴らしたくなる
我々は走資派を打倒したが　また新しい走資派を育てた
我々は貧しい世代を育て　また新たな貧しい世代を出現させた
我々は紅い腕章をはずした　今また常に思う　付けたら人の心をひどく傷つけるかと
我々は紅衛兵をしたことがある　今また常に思う　再び拳を振り上げるというのは荒唐無稽なことであるかと
こういう観点から見てゆけば　歴史というものは腐敗する　永遠に信頼してはならない

二〇一二年十一月十六日06：22　北京長河湾

訳注
＊「裸官」　妻子や財産を海外に置いて、自分自身は国内に残り単身で勤める高官。

後記

中国社会の進歩には、是非にも、歴史の記憶に対して徹底的に方を付けることが必要になってくる。煩雑で血腥い様々な政治闘争の類についてはさて措くとして、少なくとも、狂暴激烈だったあの文革はどうしても清算しなければならない。この文革は、実に民族のあらゆる恥辱の意識、道徳の意識、そして紳士の意識を徹底的に除去してしまい、それに代わって生じたのはゴロツキの気性、無頼漢の行為、そして他人は地獄へ落ちろという社会文化だった。第二次大戦後、ドイツはナチスに対する審判を、現在に至るまでずっと堅持している。三万回余りの公開裁判によって、ドイツ民族は罪悪を徹底的に記憶の中から洗い出したのだった。罪悪の意識と恥辱の意識があってこそ、一つの民族は再び自尊心と他人からの尊敬を得ることができる。私たちはといえば、皆忘れたふりをしているか、そうでないとすれば、前を見ようという名目のもとに、心の封を切って傷跡を見るということをしないのだと言える。問題を持ち越してきたということは、結局また私たちがある朝、紅衛兵の腕章と造反有理のスローガンを目にすることになるだろうということであり、そうなってしまえば、本当に民族の歴史の大災難になるのだ。

私は文革に関わった一人だ。年齢が小さくて、自分の手で殺人・放火をするということはなかったけれども、闘争精神を育て上げてきた。私は文人のようにおっとりしているが、それと同時に、今に至っても、心に殺意が生まれ、急に邪心が湧いてしまうことがある。何故だろうか？私がずっと紅衛兵だったからだ。人が皆未だにポスト紅衛兵であるとき、まさしくこの時期の社会において、何者もそういう闘争心から逃れられない。いわゆる終末の心理的葛藤、汚職腐敗の横行及び社会に充満する邪気は、私たちがポスト文革時代に身を置いていることを示している。何故なら、私たちがそれを清算しようと試みていないからだ。何故なら、私たちが未だにそれを必要としているからだ。これは私たちの悲劇だ。

文革は、中国の現代的な苦境の別の形式による具体化だった。広範な群衆はプロレタリア独裁のために自由を引き渡し、政治闘争のために尊厳を売り渡した。一切は祖国の未来のために、民族の復興と人民の福祉のためにという巨大な物語のもとに、全社会が互いに惨殺し合い、情け容赦なく攻撃した。もし、現代的ということが、多様であること、均質ではないということであるのならば、現代的な苦境というものも多様であり均質ではない。私たちは巨大な物語を持ってもよい。自由を引き渡してもよい。尊厳を引き渡してもよい。但し、これらの後、私たちという存在の意義は何なのかということを、私たちは必ずきっちり説明しなければならない。私たちは急に大金持ちになった後でも、裕福に暮らして物質的な享楽にふけってはならない。私たちは必ず自ら歴史となって、きちんと方を付けた民族に、そして心から懺悔をした人間に、なれるのでならなければならない。それゆえ民族全体が罪を贖うのでなければならない。私たちがかつてしたことのために、またこれからしてしまいそうな悪事のために罪を贖うのでなければならない。

これが即ち、私が『文革記憶』を書いた目的だ。こういう作品は、私のような世代の人間によってしか書けない。私たち誰もが、暴力を振るった者であり、それを懺悔している者でもあるからだ。真善であるか否か、美醜と関わりがあるか否か、ということになれば、それら全てはもう詩歌とは関わりのないものになる。それは即ち物語であり、現代の民謡であり、エレジーであり、やりきれなくて吐き気をもよおす記憶だ。書いた人間は不幸であり、読む人間も不幸だ。つまり、私たち誰もが不幸だということだ。

最後に、詩歌の名において、もう一度、呪詛を。

駱英

二〇一三年七月三十一日

『文革記憶』訳者後書

題名の『文革記憶』は原文のままである。

「文革」とは「文化大革命」(正式には「プロレタリア文化大革命」)の略である。

この語には学生時代から馴染みがあった。私は中国文学専攻だった。研究室の書架は古典一色だったが、世の新聞、雑誌、書籍にはこの語をよく見かけた。私はそれを漠然と「五四運動」の延長線上にあるものだと思い、その実情や複雑な紆余曲折については知る由もなかった。あくまでニュースの中の語だった。ただし、その後ずいぶん月日は経ったが、漠然とはしていても、「文革」への関心が私の脳裏から消え去ることはなかった。そのような激しい動きが現実に始まったからには、どこかに原因と理由があったのであり、それが無残な形で終わったのにも、やはりどこかに原因と理由があったはずだという思いが、その根底にはあった。けれども、現代中国の変貌を知り、当代の文学に接するに及んで、現代中国は「文革」中国とどこでつながり、どこで断絶しているのかという問いも生じてきた。当時の雑誌を見て、この写真の紅衛兵は、そのとき何を考え、今どうしているのだろうと思うこともあった。

私はいい機会を得たと言うべきだろう。私にとってこの翻訳は、学生時代に接した、例えば紅衛兵、壁新聞（原文「大字報」）等の語に、かつて紅小兵・紅衛兵だった当事者本人の、消し難い記憶の内からやってきた言葉として、再会することだった。そうして、私に蓄積された文革に関する知識の断片の、言わば裏が取れるということだった。文革のなかの、駱英が目にした一人一人の運命に思いを馳せるということだった。

それは即ち詩人駱英の生い立ちに立ち会うことであり、現在に至る道筋――個人史に接することでもあった。

現場にいた元紅衛兵の大部分は、それを書き残すということをしていない。*記憶は誰にでもあるが、ある者は死んでしまい、ある者は今もそれを語れないのかも知れない。あるいは、どこかで人知れず記録されているのかも知れない。駱英はしんがりの世代の紅衛兵だったから書けたのだとも言える。後方から一部始終を見た者として、書く必要に迫られたのだ。再び中国を、そこに正統性を求めざるを得ない社会にしてはならないと考えたからだ。だから、回避すべきものとして、呪詛すべきものとして、敢えて書いて曝け出した。この一冊はまず、かつて紅衛兵だった全ての人にそっと差し出されるべきものだろう。だが本当は次の世代に曝け出されるべきものだ。

駱英は文革の傷痕を描くいわゆる「傷痕文学」とは違う書き方をした。「文革」を渇望するマグマを地中に蓄積させないためにも、修辞よりも記録を、悲嘆ではなく呪詛を、と思ったのだ。未来は罪悪の意識と恥辱の意識の上にこそやって来なければならないのだった。歴史に空白はない。後になってからの修正、歪曲は無用だ。当事者の、生きているうちの記憶・記録は重要だ。埋もれていたら掘り返し、陽を当ててやらなければならない。このことは、日本における戦中戦後の記録の重要性についても同じだ。罪悪の意識と恥辱の意識が欠如しているところでは、相手に残した傷痕は忘却され、自身の魂の汚点は覆い隠される。

それにしても、詩人駱英は奇跡的とでも言うべき存在だ。紅衛兵の遺伝子を持った富豪は、比較的平穏に過ごしてきた私などにはとても背負いきれないもの——屈辱、憤怒、憎悪、そして寂しさ、懐かしさ、更に将来に対する危機感、憂い——を抱えながら、精力的に行動しているのである。その記憶は尽くエネルギーに変えられているかのようだ。

彼の「文革」は、既に「文革」以前に始まっていた。その枠の中で育てられ、自分でも必死で自分を育て上げた。自分を育てたものに対する、やむにやまれぬ罵倒があった。必死にならなければならない自分に対する励ましがあった。暴風の中を過ぎていった時間に対する哀惜の念。両親、とりわけ母に対する尽きせぬ思い。詩人駱英の文学には、現代中国のあらゆる光と影を内包した混沌と矛盾があり、未来の芽はそこから出てくるのでなければならないのだった。

私は、この力作の衝撃力に敬意を表しつつ、未来が作者の願いに応えてくれることを切に願う。そうして、この作品が必ず父君の黄俊甫さん、母君の顔秀英さんのための、鎮魂の一冊になって欲しいと思う。

竹内新

注

＊後に自らの紅衛兵時代を振り返った文章の例としては、例えば張承志『紅衛兵の時代』（小島晋治・田所竹彦訳、岩波新書、一九九二）、陳凱歌『私の紅衛兵時代』（刈間文俊訳、講談社現代新書、一九九〇）がある。

駱英（ルオ・イン）

一九五六年、中国甘粛省蘭州生まれ。本名、黄怒波。幼少期は寧夏回族自治区銀川に育つ。北京大学中文系卒業。中欧国際工商学院ＥＭＢＡ取得。現在、中坤グループ会長を務める。七六年に詩を書き始め、九二年、第一詩集『もう私を愛さないで』刊行。以後、詩集に『憂鬱を拒絶する』、『落英集』、『都市流浪集』、『小さなウサギ』、『第九夜』など。邦訳に『都市流浪集』（竹内新編訳）、『小さなウサギ』（松浦恆雄訳）、『第九夜』（竹内新訳、以上思潮社）。アメリカ、フランスなどでも翻訳が刊行されている。

竹内 新（たけうち・しん）

一九四七年、愛知県生まれ。名古屋大学文学部で中国文学を専攻する。八〇年から八二年にかけて二年間、中国の吉林大学で日本語講師を務める。著作に詩集『歳月』、『樹木接近』、『果実集』（第五十五回中日詩賞）、訳詩集『中国新世代詩人アンソロジー』（正・続）、『麦城詩選』、『田禾詩選』、『楊克詩選』、駱英『都市流浪集』、『第九夜』がある。

文革記憶《ぶんかくきおく》——現代民謡《げんだいみんよう》

著者
駱英《ルオイン》

訳者
竹内《たけうち》 新《しん》

発行者
小田久郎

発行所
株式会社思潮社
〒一六二—〇八四二　東京都新宿区市谷砂土原町三—十五
電話〇三（三二六七）八一五三（営業）・八一四一（編集）
ＦＡＸ〇三（三二六七）八一四二

印刷・製本所
三報社印刷株式会社

発行日
二〇一八年一月十五日